Das Vermächtnis der Wissenden
Arina Kirey
2011

für
Lukas und Florian, die mir ihre Namen liehen,
für meine Eltern
und für
Martin, Nathalie und Saskia,
die mir mit ihrer Kritik stets
weitergeholfen haben

Herstellung und Verlag:
Books on Demand GmbH, Norderstedt
ISBN 978-3-8423-6504-9
www.bod.de

Prolog

Die sanft grünen Blätter raschelten leise im Wind. Fast klang es wie Musik, bis ihm einfiel, dass Maanas Singen viel angenehmer klang. Obwohl es ihm einen grässlichen Schauer über den Rücken jagte, war es trotzdem schöner, so viel schöner.

Lucaniel warf einen Stein ins Wasser, dessen Aufklatschen zusammen mit den Geräuschen der Natur und seinem Atem das einzige war, das die Welt nicht stumm erscheinen ließ. Langsam breiteten sich die Wellenringe über die Oberfläche des Weihers aus

„Aus dem Weg!"

Ein heftiger Stoß im Rücken ließ ihn vorwärts taumeln. Fluchend fing er sich an jemandem vor sich ab und ehe er bemerkte, dass es sich um eine junge Dame aus dem Adel handelte, breitete sich ein stechender Schmerz auf seiner einen Gesichtshälfte aus.

„Was fällt dir ein, Gör!", schrie sie ihn an, die Hand bereits für den nächsten Hieb gehoben.

Lucaniel floh durch die Menge auf die andere Seite des Marktplatzes, wo er sich keuchend gegen eine Hauswand lehnte. Er hatte es schon wieder getan! Dieses elende Träumen von einem Ort, den es nicht geben konnte! Und wer sollte diese Maana sein? Er konnte sich nicht daran erinnern, jemals ein Mädchen mit diesem Namen kennengelernt zu haben. Maana, was war das auch schon für ein Name!

Jubel brandete auf. In der Mitte des Marktplatzes wurde eine junge Frau auf den Scheiterhaufen geführt. Ihre abgeschnittenen Haare und das Brandzeichen hinten auf ihrer vom zerrissenen Stoff des Kleides entblößten Schulter zeigten eindeutig, dass sie eine Ketzerin war, eine Hexe. Ihr Gesicht verriet die Angst vor dem Tod und Tränen rannen über ihre Wangen, während sie ununterbrochen vor sich hin zu murmeln schien.

Betete sie etwa?

Falls sie es tat, nützte es ihr gar nichts. Der Henker band sie fest an den Pfahl, um den der Scheiterhaufen errichtet worden war und steckte danach ohne zu zögern das trockene Holz an. Sie war nicht die erste, die an diesem Tag durch seine Hand starb und sicherlich auch nicht die letzte.

Lucaniel blieb, bis die Flammen das Kleid der jungen Frau erfassten, dann wandte er sich ab und verschwand in den Gassen, ihre fürchterlichen Schreie der Qual in den Ohren.
Eine Ketzerin, die gebetet hatte...
Nachdenklich blickte er zum Himmel. Schwarzer Qualm stieg empor, es stank entsetzlich. Doch das war nichts Neues mehr in Minoor, seit die Kirche den ersten Fall der Ketzerei aufgedeckt hatte. Seitdem fanden fast täglich Hexenverbrennungen auf dem Marktplatz statt. Und dann waren da noch diese Träume, die ihm etwas vorzugaukeln versuchten, an das er nicht glauben konnte – den Frieden.

Lucaniel beobachtete wie sich eine Möwe von einem nahen Hausdach in die Luft schwang, um ein paar Kreise um den aus dem Schornstein wabernden Qualm zu ziehen und dann kreischend davonzufliegen. Die Gasse war wie ausgestorben, nur eine Mäusefamilie suchte in den Ritzen zwischen den Pflastersteinen nach heruntergefallenen Körnern und Brotkrumen.
Es war nicht immer so trist hier gewesen. Das hatte man ihm zumindest erzählt und die Wissenden hatten wohl recht damit. Damals, als sie noch hier gelebt hatte – die Ketzerin, die gebetet hatte – waren viele Menschen nach Minoor gekommen, damit sie ihnen mit ihren Kräutersalben half. Jetzt versank die Stadt in Krankheiten und nur die Wissenden wussten, woran das lag. Die Kirche mochte die Schuld auf sie schieben und sie verfolgen, doch verbessern würden sie die Situation damit nicht.
Die Wissenden waren nicht die Ursache für die Seuchen der letzten Jahre, sie waren alleinig die Wissenden.

„Maana!", rief mein Großvater. „Maana, ich habe noch eine dringende Sache zu erledigen. Geh nicht aus den Haus, während ich fort bin und lass niemanden hinein!"
„Ja, Großvater", murmelte ich in die Schrift vertieft. „Ich kenne Eure Regeln!"
Irgendwo im Hintergrund meiner Gedankenwelt realisierte ich das Zuschlagen der Tür, danach eine Stille, die es nur in Häusern geben konnte, in denen man alleine war.
Ich las die Schrift zu ende, um mich dann um das Feuer in der Herdstelle zu kümmern. Das Knistern und Knacken des brennenden Holzes und die Wärme der Flammen gaben mir ein sicheres Gefühl. Das Feuer half mir immer, wenn ich alleine war. Es ließ mich meine klammheimliche Angst vergessen. Ich mochte keine verlassenen Räume, sie erinnerten mich an den Tod.
Seufzend stocherte ich im halb verbrannten Holz herum, um dann neues nachzulegen und die Schrift wegzuräumen.
Mein Großvater hatte viele Regeln und einige davon waren derartig seltsam, dass ich mich selbst nach Jahren ihrer Ausführung noch über sie wunderte. Erklärt hatte er sie mir nie. Ich brauchte nicht

wissen, wozu sie gut waren, ich musste sie nur befolgen. Und das tat ich.

Die Kiste mit den Schriften meines Großvaters befand sich unter einem losen Bodenbrett in der Ecke seiner winzigen Schlafkammer. Niemand, so hatte er mit befohlen, durfte jemals von ihr erfahren. Sie war sein Heiligtum und nur eine seiner anderen Regeln – dass ich lesen und schreiben können musste, obwohl ich aus der untersten Schicht dieser Stadt stammte und zudem noch Waise war – ermöglichte es mir, sie zu sehen. Ansonsten hätte ich wahrscheinlich nie gewusst, dass es sie gab.

„Bring die Sachen in die Kammer, Maana!"
Ich nahm den Topf von der Kochstelle und trug ihn zum Tisch hinüber. Der ihm entsteigende Duft von Fleisch und Gemüse ließ meinen Magen vor Hunger knurren, doch ich stellte ihn nur ab und griff dann nach dem Jutesack, den mein Großvater eben mit hereingebracht hatte.
Ich warf einen kurzen Blick hinein, während er sich bereits aus dem Topf bediente. Kartoffeln, Gemüse, ein Huhn – es fehlte uns nie an etwas, dabei waren wir bitterarm. Großvater hatte noch nie Geld mit sich nach Hause gebracht.
„Beeile dich! Sonst ist dein Eintopf abgekühlt, bevor du ihn zu essen beginnst!"
„Ja", sagte ich gehorsam und brachte den Vorrat in die Kammer, in der wir Nahrungsmittel und Kleider aufbewahrten.
„Hast du die Schrift durchgearbeitet?", fragte er, als ich zum Tisch zurückkehrte. „Sag mir, was du gelernt hast!"
„Ihr habt mit heute wieder eine Schrift über die Kräuterlehre gegeben", begann ich und wartete darauf, dass er nachfragte, doch er tat es nicht. Stattdessen schob er den Eintopf zu mir herüber, damit ich mir auffüllen konnte. Der köstliche Geruch ließ mich auf meinem Stuhl hin und her rutschen, bis die Schüssel gänzlich gefüllt war. Ein wenig gierig machte ich mich darüber her.
„Es ist sehr wichtig, Maana, das du dir gut merkst, was du liest. Aber du darfst dein Wissen nie den Falschen preisgeben", meinte mein Großvater streng und ich nickte, den Mund viel zu voll, um zu antworten. „Es sei denn, du möchtest enden wie deine Mutter! Verstehst du das, Maana?"

Hastig würgte ich den Inhalt meines Mundes hinunter, denn dieses Mal erwartete er die Worte, die ich auf solche Fragen zu antworten gewohnt war. Seine strengen, aber doch warmen Augen verrieten es mir.

„Ja, Großvater. Ich kenne Eure Regeln!"
Zufrieden brummend wandte er sich wieder seiner Schüssel zu, um laut schlürfend weiter zu essen. Mein Großvater war kein Mann erhobenen Gehabes und für mich war das immer die normalere Weise gewesen, sich zu verhalten – besser als die der Reichen und Adligen mit ihren gestelzten Worten, ihren feinen Kleidern, ihren gespielten Mienen, ihrer besseren Stellung im Volk.
Mein Großvater war der einzige, der sich nach dem Tod meiner Mutter um mich gekümmert hatte – fast als wäre ich ein zerbrechliches Gut. Aber vielleicht war ich das für ihn auch.
„Dein Wissen ist wichtig, Maana!", brummte er mir noch einmal zu.
„Vergiss das niemals!"

2

Das Wasser des Weihers war dunkel und kalt, als es sich um seine Füße wand als wolle es sie für immer verschlucken. Er hatte keinen Schimmer davon, wie tief es hinabgehen würde, bis er die Mitte des Weihers erreichte. Er wusste nur, dass es tief sein musste, wenn das Wasser in diesem warmen Sommer noch derartig kühl war.
Lucaniel machte seufzend kehrt, um sich am Ufer ins saftig grüne Gras zu setzten, ein wenig im Schatten der Bäume. Die Sonne brannte mit stechender Helligkeit auf die Weiherlichtung hinab, nur eine Libelle surrte noch unaufhörlich über die Wasseroberfläche, wohl auf der ständigen Suche nach Insekten.
Ein Knacken zwischen den Bäumen ihm gegenüber ließ ihn aus seiner Verträumtheit schrecken. Sie kam...
Hastig sprang er auf die Füße und

                               ein harter Schlag traf
Lucaniel im Gesicht. Für einen Moment war er derartig orientierungslos, dass Panik in ihm zu wachsen begann. Zitternd erwartete er den nächsten Schlag, doch er kam nicht.
Noch ein wenig vor Schreck keuchend rappelte er sich vom kalten Steinboden auf, um sich gegen das Bett zu lehnen, aus dem er eben gefallen sein musste, als er auf der Traumweiherlichtung aufgesprungen war. Fluchend hielt er sich den schmerzenden Kopf, den er sich bei dem Sturz gestoßen hatte.
Wieso? Wieso hatte er diese seltsam lebhaften und erschreckend realen Träume? Wieso kamen sie wieder, um ihn an dieses Mädchen zu erinnern, das er gar nicht kannte? Maana...
Woher kamen diese Erinnerungen an ihre Stimme, wenn er ihr noch nie begegnet war?
Lucaniel schloss die Augen. Die Stimme, wunderschön melodisch, obwohl sie gleichzeitig noch so kindisch war, hallte in einer fernen Erinnerung in seinem Kopf wieder. Er kannte die Melodie und er war sich sicher, sie selbst summen zu können, doch irgendwie fühlte sich selbst der Gedanke daran, es zu tun, unendlich falsch an.

Ich war gerade dabei, den Eintopf des letzten Tages noch einmal über der Herdstelle aufzuwärmen, als ich die Tür schlagen hörte.
„Großvater?", rief ich munter. „Seid Ihr schon zurück? Kommt nur in die Küche, ich bin gleich soweit!"

Ich nahm den Holzlöffel vom Tisch, um die aufkochende Mahlzeit
umzurühren. Im Wohnraum tat sich nichts. Wahrscheinlich war er
gleich in seine Kammer gegangen. Er tat das oft, wenn er nach
Hause kam, denn manchmal trug er Dinge bei sich, die ich nicht
sehen sollte. Früher, als Kind, hatte ich das ungerecht gefunden –
wie Kinder nun einmal waren, mochte ich diese Heimlichtuerei nicht –
doch ich hatte mich mit den Jahren daran gewöhnt. Mein Großvater
war eigen und es war leichter, ihn auch so zu akzeptieren.
„Großvater!", rief ich noch einmal. „Der Eintopf ist beinahe warm.
Kommt und setzt Euch doch!"
Die darauf folgende Stille lastete so schwer auf meinen Ohren, dass
ich den Löffel stirnrunzelnd beiseitelegte und beschloss, nach ihm zu
sehen.
Ich brauchte nicht bis zu seiner Kammer gehen, um herauszufinden,
dass etwas nicht stimmen konnte. Sie stand auf dem Tisch, die Kiste
mit den Schriften, sie stand einfach nur dort – unbewacht und
verlassen. Es waren noch nie zuvor alle Schriften gleichzeitig aus der
Kammer herausgebracht worden!
„Großvater?", entwich es mit ängstlich. „Großvater, seid Ihr da?"
Vorsichtig, als bestände die Möglichkeit, dass die Kiste plötzlich in
Flammen aufginge, näherte ich mich ihr und entdeckte dabei den
zusammengefalteten Zettel auf ihrem Deckel. Mit vor Angst
bebenden Fingern griff ich danach, mit der erschreckend starken
Gewissheit, er wäre für mich bestimmt.

Es klopfte an der Tür.
Lucaniel, der noch immer an sein Bett gelehnt dagesessen und sich
den Kopf gehalten hatte, sah verwundert auf, als der Meister eintrat.
„Lucaniel", sagte er und seine Stimme war wie immer ein wenig rau
dabei. „Ich habe einen Auftrag für dich."
Die Kopfschmerzen sogleich vergessend stand er auf. Ein Auftrag, er
hatte lange keinen mehr bekommen. Seit dem Tag vor beinahe zehn
Jahren, an dem er bei dem Meister aufgenommen worden war, hatte
er überhaupt nur wenige im Vergleich zu den anderen Mitgliedern
bekommen. Viel mehr war er derjenige gewesen, der aus freiem
Willen die Situation der Stadt kontrolliert hatte. Tag für Tag, Woche
für Woche, Jahr für Jahr, sodass er Minoor besser als die Ratten
kannte, die in jeden Winkel der Stadt hineinkamen.

„Hör mir zu, Junge! Es ist von äußerster Wichtigkeit, dass wir schnell reagieren, deshalb habe ich dich ausgewählt, Lucaniel! Du bist schnell in dieser Stadt, also enttäusche mich nicht."

Nachdem ich das Haus erst einmal verlassen hatte – von meiner übermächtigen Furcht getrieben – wagte ich es nicht, dorthin zurückzukehren. Die schwere Kiste mit den Schriften in den Armen schleppte ich mich letztendlich in eine der Kirchen Minoors, um mich dort vor dem Altar auf die Knie fallen zu lassen und die Mutter Gottes darum anzuflehen, mich aus diesem wirren Traum zu erwecken. Doch ich wachte nicht auf, ich war bereits wach. Das hier war kein Traum, es war die vollkommene Realität und aus der Realität konnte man nicht erwachen, man konnte ihr nur entfliehen. Nur würde davon meine derzeitige Situation nicht besser werden.
Die Gassen der Stadt konnten mir nicht das Fürchten lehren, nicht die Ratten, nicht die streunenden Hund mit ihren gefletschten Zähnen, nicht die Menschen auf dem Marktplatz, die mich umher schubsten als seien sie etwas Besseres als ich. Nein, das Einzige, das mir Angst bereiten konnte, war die Stille und hier in dieser Kirche war es unendlich still. Sie war bereits damals über mich hergefallen, diese entsetzliche Stille, als ich darauf wartete, dass meine Mutter von ihren Besorgungen zurückkehrte. Ganz heimlich hatte sie sich damals in meine Welt geschlichen, um sie dumpf und leer erscheinen zu lassen.
Meine Mutter war nie von den Feldern vor der Stadt in das Haus zurückgekehrt, man hatte sie gleich dort draußen gefangen genommen und sie schon am nächsten Tag auf dem Scheiterhaufen verbrannt, dabei war sie gar keine Ketzerin gewesen. Nicht, dass sie die einzige Frau gewesen wäre, der dieses Schicksal widerfahren war. Viele Menschen hatten gebrannt. Mein Großvater hatte mir früher oft davon erzählt, weil er wollte, dass ich die Wahrheit über ihren Tod wusste. Er wollte, dass ich stark war, wozu auch immer. Seinen Grund dafür kannte ich nicht.
„Deine Mutter, Maana, war nur eine von ihnen, aber merke dir gut, dass sie die letzte war. Sie war die letzte, die in Minoor gebrannt hat. Merk dir das!", hatte er zu sagen gepflegt, als sei es meine Mutter gewesen, die der Inquisition ein Ende bereitet hatte. Aber das stimmte nicht.

„Dieses ist nicht der passende Ort für jemanden wie dich, junges
Fräulein!"
Ein Junge, vielleicht ein wenig älter als ich, bot mir seine Hand an,
um mir aufzuhelfen. Hastig stand ich von selbst auf, wobei ich ein
wenig unter dem Gewicht der Kiste schwankte. Mitleidig sah er mir
dabei zu, bot mir jedoch auch nicht seine Hilfe an.
„Komm mit mir. Ich wurde geschickt, dich zu holen."
„Von wem?", wollte ich misstrauisch wissen und wich ein wenig vor
ihm zurück. Traue niemandem, den du nicht kennst. Das war eine
weitere Regel meines Großvaters gewesen.
„Hier darf ich es dir nicht sagen, doch ich bin mir sicher, dass dir
bereits gesagt wurde, du solltest uns vertrauen", meinte er. „Nenn
mich Lucaniel."

Ich schob die Schriften unter das Bett der Kammer, die Lucaniel mir
zugewiesen hatte und ließ mich dann auf die Decke sinken. Ich
wusste weder, wo ich mich befand, noch, wer mich bei sich
aufgenommen hatte, denn Lucaniel hatte seit dem Verlassen der
Kirche kein Wort mehr mit mir gesprochen, doch ich war mir sicher,
dass es mir hier besser gehen würde, als sonst irgendwo.
Ich zog den Zettel aus der Tasche, der auf der Kiste mit den Schriften
gelegen hatte. Großvaters Schrift, 3 Worte.
„Vertraue den Wissenden"

Lucaniel beobachtete wie die junge Frau schlief.
Ihr Gesicht, vorhin noch angstverzerrt und unglücklich, erschien ihm
nun, da es im Schlaf sanft geworden war, seltsam bekannt, doch es
wollte ihm nicht einfallen, an wen es ihn erinnerte. Wahrscheinlich
war er ihr schon einmal in den Straßen begegnet.
„Ich wüsste gerne, warum du hier bist", murmelte er leise. „Wir hatten
sehr lange keine Frau mehr unter uns. Ich wüsste gerne, bei wem du
gelernt hast, wenn du es nicht hier getan hast."
                                                    Er stand mit dem Rücken
zum Weiher, den Blick in den umliegenden Wald gerichtet. Ein
Summen, kindlich vergnügt, schwebte durch die Bäume auf ihn zu –
eine altbekannte Melodie. Maanas Stimme jagte ihm einen Schauer
der Vollkommenheit über den Rücken und er machte ein paar
Schritte auf den Waldrand zu. Eine Person trat zwischen den

Bäumen hervor, das Gesicht blieb jedoch im Schatten und er konnte es nicht ausmachen.

„Maana?", fragte er leise. Seine eigene Stimme war nur ein Hauch in der sommerlichen Luft, doch die Person schien ihn gehört zu haben, denn sie streckte eine kleine Kinderhand nach ihm aus – verlangend, vielleicht ein wenig flehend – und er konnte nur erwartungsvoll zusehen, wie sie auf ihn zu kam. Das Licht erhellte immer mehr von ihr, es wanderte mit jedem Schritt an der Person hoch – kleine, nackte Füße, ein schmutziges Kleid, ein dünner Hals, das Kinn, die Li–

„Lucaniel?"

Entsetzt schreckte er hoch, verwundert darüber, überhaupt eingeschlafen zu sein. Vor ihm stand die junge Frau, hielt jedoch einen gewissen Abstand zu ihm, als hätte er eben noch um sich geschlagen.

„Was machst du hier?"

Mit einem leicht bitteren Gedanken an die Lichtung stand er auf. Er war Maana so nah gewesen! Fast, es war so greifbar gewesen, hätte er ihr Gesicht gesehen. Lucaniel wusste, dass er nicht hätte einschlafen dürfen, doch es ärgerte ihn ungemein, dass die junge Frau ihn geweckt hatte. Deshalb konnte er die Enttäuschung nicht ganz aus seinen Worten streichen.

„Ich passe auf dich auf. Der Meister wollte es", meinte er und sie schien nicht zu verstehen, wovon er sprach. „Er will dich sehen. Nun, wo du wach bist, ist das wohl machbar. Komm!"

„Der Meister?", fragte sie. „Bin ich, bin ich bei den Wissenden?"

Kopfschüttelnd musterte er sie und wusste, dass es ungerecht war, sie so zu behandeln, doch er konnte nicht anders, nachdem sie ihn derartig ungünstig geweckt hatte.

„Wo denn sonst?"

Dann verließ er den Raum.

3

„Nun, zu Beginn sollten wir einen Namen für dich festlegen, Maana. Es ist nicht sicher, unter deinem wahren Namen zu leben. Du hast es bereits zu lange getan, das soll sich nun ändern!"

„Ein Name?", entwich es mir ungläubig und der Meister nickte geduldig. Er war ungefähr im selben Alter wie mein Großvater und der Gedanke an ihn ließ mich leise schlucken. Ob er nach Hause zurückgekehrt war und das Haus leer vorgefunden hatte? Ich scheuchte den Einfall aus meinem Kopf. Er würde nicht nach Hause zurückkehren, wenn er mich mit den Schriften von dort fort gehabt haben wollte.

„Mina", fuhr der Meister fort, den wirren Bart zu einem Lächeln gekräuselt. „Du wirst von nun an Mina heißen."

Ich nickte, mehr brachte ich nicht zustande, doch es schien ihm zu genügen.

„Niemand wird deinen wahren Namen erfahren. Ich hoffe zutiefst, dass du ihn Lucaniel noch nicht gegeben hast!"

Lucaniel, der Junge, der auf mich aufpassen sollte, musste vor dem Raum warten. Zuerst hatte ich mich darüber gewundert, doch nun erschien mir der Grund dafür recht eindeutig.

„Nein."

Zufrieden nickend erhob der Meister sich.

„Du magst dich fragen, warum du hierher gelangt bist und wie ich dazu kommen mag, von dir zu verlangen, eine neue Identität anzunehmen. Zudem wird dir dein Großvater nicht von uns erzählt haben, obwohl er dich auf uns vorbereitet hat."

„Mein Großvater?"

Seufzend bedeutete er mir, mich ebenfalls zu erheben und ging auf die Tür zu. Zögernd folgte ich ihm. Mein Großvater hatte mich auf etwas vorbereitet? Wieder eines seiner Geheimnisse?

„Mina, dein Großvater konnte nicht länger in Minoor verweilen, deshalb konnte er dich nicht selbst zu uns bringen. Jedoch solltest du dir keine Sorgen um ihn machen. Er befindet sich keinesfalls in Gefahr. Er wird, sobald es ihm möglich ist, zu uns zurückkehren. Bis dahin befindest du dich in meiner Obhut!"

„Er wird wiederkommen, Meister?", fragte ich und eine nur langsam erfüllende Erleichterung ergriff mich, als er zuversichtlich nickte.

„Er wird", sagte er. „Doch nun ist es Zeit für dich, zu gehen. Willkommen bei den Wissenden, Mina!"

Lucaniel ignorierte mich die folgende Stunde, die ich in einem großen Saal mit dem Abendmahl verbrachte, und in gewisser Weise fand ich diesen Umstand ungerechtfertigt.
Er kannte mich überhaupt nicht und behandelte mich trotzdem, als wolle er mich nicht da haben. Hätte es einen offensichtlichen Grund für seine Abneigung gegeben, hätte ich ihn sicherlich verstehen können, doch ich sah keinen Grund – außer meiner Fremdheit, doch fremd sein konnte man beseitigen. Aber Lucaniel schien mich nicht kennen lernen zu wollen.
Da sich in dem großen Saal niemand außer mir und ihm befand, zog ich mich schließlich in meinen Raum zurück, wusste jedoch, dass ich ihn dadurch leider nicht loswerden würde. Warum hatte der Meister gerade Lucaniel als meinen Beschützer einsetzen müssen? Ich mochte vielleicht keine Ansprüche zu stellen haben, doch ein Beschützer, der mich nicht mochte und dessen widerwillige Anwesenheit mir zuwider war, konnte nicht für meine Sicherheit gut sein. Außerdem wunderte ich mich sowieso bereits darüber, warum ich überhaupt beschützt werden sollte, wenn ich die Gewölbe der Wissenden so bald wahrscheinlich gar nicht verlassen würde.
Es dauerte eine Weile, bis sich die Tür des Raumes nach mir noch ein weiteres Mal öffnete und ich hatte es mir bereits mit einer Schrift auf dem Bett bequem gemacht. Wortlos setzte Lucaniel sich auf den Stuhl in der Ecke, auf dem er vorhin eingeschlafen war.
„Habe ich dir irgendetwas angetan?"
Erstaunt sah er mich an, während ich die Schrift beiseitelegte. Bei seiner grimmigen Gegenwart konnte ich mich nicht konzentrieren, deshalb wollte ich diese Frage zuerst klären. Dann konnte ich ihn immer noch wegschicken.
„Habe ich dir irgendetwas angetan?", wiederholte ich meine Worte und blickte trotzig zurück.
Einen Moment schien er ernsthaft darüber nachzudenken, was er mir antworten sollte – die Wahrheit oder eine Lüge. Was wäre in seinem Standpunkt besser?
„Stört es dich, dass du auf mich Acht geben musst?"
„Nein", antwortete er dieses Mal. „Sollte es mich das?"

„Warum sonst solltest du nicht mit mir sprechen? Man ignoriert nur jemanden, dessen Anwesenheit einem zuwider ist."
„Du bist mir nicht zuwider", versicherte er mir beinahe hastig. „Und es tut mir leid, wenn ich den Anschein danach erweckt habe. Es ist nur, dass der Meister noch nie ein derartiges Geheimnis aus einem Neuen gemacht hat. Ich kenne noch nicht einmal deinen Namen."
„Ich heiße Mina."
Bei dem falschen Namen stockte ich ein wenig, doch Lucaniel schien es nicht zu bemerken, denn ein schmales Lächeln breitete sich auf seinen Lippen aus.
„Mina", wiederholte er als wolle er den Namen gründlich kosten und durchdenken, bevor er ihn sich merkte. „Bist du eine Wissende, Fräulein Mina?"
„Darauf vermag ich dir keine Antwort zu geben, weil ich es selbst nicht weiß."
„Du liest Schriften", entgegnete er. „Es ist eine Seltenheit, dass jemand außer dem Meister eigene besitzt."
Ich blickte auf die Schrift hinab, die ich eben neben mich auf das Bett gelegt hatte. Zwar hatte ich aus Großvater Verhalten schließen können, dass seine Sammlung besonders war, immerhin hatte niemand von ihr erfahren dürfen, doch dass sie derartig wertvoll waren, hatte ich nie gedacht.
Lucaniel stand von seinem Stuhl in der Ecke auf, um ihn zu mir herüber zu tragen und sich neben das Bett zu setzten.
„Darf ich", fragte er leise, „darf ich mitlesen?"

Es brauchte einige Wochen, bis ich mich in meiner neuen Lebenssituation zurechtfand und ich nicht morgens erwachte, ohne zu wissen, wo ich mich befand, bis ich Lucaniel erblickte und mich wieder erinnerte, was geschehen war. Vielleicht hielt sich irgendwo in mir noch der Gedanke, das alles könnte nur ein böser Traum sein. Vielleicht war es aber auch nur der verzweifelte Wunsch, wieder in mein normales Leben zurückzukehren.
Auch wenn der Meister es von mir zu erwarten schien, konnte ich nicht lernen, als sei nichts geschehen – als hätte ich bereits immer bei den Wissenden gelebt. Denn das hatte ich nicht. Ich war nicht dazu fähig, meinen Großvater zu vergessen – er hatte mich großgezogen und auch wenn er viele Geheimnisse vor mir gehabt hatte, war er dennoch der Mensch, dem ich mein Leben verdankte.

Ohne ihn hätte ich als hilfloses Kind, das ich damals gewesen war,
den Tod meiner Mutter nicht überlebt. Aber ich hatte überlebt und nur
deshalb konnte ich nun hier sein – hier bei den Wissenden.
Nachdem ich mich mit meinem neuen Umfeld vertraut gemacht hatte,
nachdem ich mich daran gewöhnt hatte und nachdem ich mich
besser mit Lucaniel verstand, begann mein Leben bei den Wissenden
jedoch einfacher zu werden. Und selbst wenn ich mir ab und zu noch
wünschen mochte, all dieses wäre nie geschehen, wusste ich doch,
dass nichts werden konnte, wie es vor Großvaters Verschwinden
gewesen war.
Und über all dem schwebten seine letzten Worte: „Dein Wissen ist
wichtig, Maana! Vergiss das niemals!"
Ich wusste nicht genau, was er damit meinen mochte, doch ich
konnte warten – wenn er zurückkam würde er mir viele Fragen
beantworten müssen.

„Ihr könnt die Gewölbe nicht verlassen, Lucaniel. Mina kann nicht in
die Öffentlichkeit dieser Stadt gelassen werden!", sagte der Meister
und seine warme, tiefe Stimme klang ungewöhnlich hart dabei. „Sie
kann nicht hinaus!"
„Ja, Meister. Ich verstehe."
Er machte eine kleine, aber dennoch sehr respektvolle Verbeugung
und kehrte dann in Minas Raum zurück, um sich dort frustriert auf
seinen Stuhl fallen zu lassen und ihr beim Schlafen zuzusehen.
Lucaniel hatte keine Lust dazu, sich wieder in sein Bett zu legen, er
wollte auf die Straßen hinaus, so wie er es immer getan hatte. Was
war an Mina derartig besonders, dass sie versteckt werden musste?
Nur wenige wussten, dass die Wissenden noch existierten.
Gut, sie war die erste weibliche Wissende seit langer Zeit, vor ihr
hatte es lediglich eine gegeben. Allerdings war Mina nur eine junge
Frau, die nicht gefährlich sein konnte.
Aber sie war damals auch nichts anderes gewesen – die Ketzerin, die
gebetet hatte. Auch sie war nur eine junge Wissende gewesen, die
gut mit Heilkräutern hatte umgehen können und auch sie war nur ein
einziges Mal auf die Straßen gegangen – und verbrannt worden.
Aber die Inquisition war lange zu Ende, beinahe zehn Jahre nun.
Damals war sie – die Ketzerin, die gebetet hatte – die letzte gewesen,
die verbrannt worden war und die Kirche hatte davon gepredigt, dass
nun alle Hexen aus Minoor vertrieben worden waren und nicht

wiederkehren würden. Also konnte auch die Inquisition nicht mehr stattfinden und Mina somit nicht gefährdet sein – oder doch?

4

Die Gräser wogten sanft in einem warmen Windhauch, der über die Hügel hinweg strich und den Duft der Sommerblumen mit sich trug. Lucaniel sah sich um. Das war ein neuer Ort, nicht der Weiher, an dem er sonst gewesen war. Das weite Grün der Wiesen erstreckte sich bis an den Horizont und noch viel weiter, nur von den bunten Blüten der Blumen geschmückt, verschmolzen zu einem Meer reiner Natur.
Genüsslich nahm er einen tiefen Atemzug. Wie gut die Luft roch, wie sauber sie sich in seinen Lungen anfühlte.
Ein leises Summen, vom sanften Wind zu ihm getragen, fing seine Aufmerksamkeit. Ein Schaudern überkam Lucaniel. Er kannte sie, diese wunderschön kindliche Stimme, diese einzigartige Melodie. Maana. Dieses Mal würde er sie finden!
Er lief los. Die Gräser schlugen um seine Beine, die Blumen wogten durch seine hastige Bewegung wild umher. Er konnte es hören, dieses seltsame Mädchen, er konnte es so gut hören.
Doch er kam ihm nicht näher.

Ich blinzelte den Schlaf fort und wie jeden Morgen erblickte ich als erstes den Stuhl, auf dem Lucaniel saß. Er saß immer dort.
„Du bist wach, Mina?"
Gähnend setzte ich mich auf und streckte die Arme von mir, um die Müdigkeit aus den Gliedern zu vertreiben und Lucaniel ließ mich für eine Weile alleine, damit ich mich waschen und ankleiden konnte.
„Du siehst müde aus", stellte ich fest, als er in den Raum zurückkehrte und winkte ihn zu mir herüber. „Geht es dir nicht gut?"
„Es geht mir bestens, Mina. Ich habe zu wenig geschlafen in den letzten Nächten, mehr ist es nicht", entgegnete er, setzte sich zu mir auf die Bettkante und blickte mich fragend an. „Bist du nicht hungrig? Lass uns etwas essen."
Nickend stand ich auf. Lucaniel ging es nicht gut, das sah ich ihm an, allerdings schien er sich mir nicht anvertrauen zu wollen. Doch sein Gesicht verriet mir, dass der fehlende Schlaf nicht sein einziges Problem sein konnte. Da steckte mehr dahinter, viel mehr.

„Ich würde mir diese Pflanzen gerne ansehen, über die ich nun
bereits so viel gelernt habe, Meister. Meint Ihr nicht, dass ich ein
wenig Erfahrung sammeln sollte, um mit ihnen umgehen zu können?"
Zögernd schlich sich eine Mischung von Zufriedenheit und Zweifel auf
sein Gesicht – Stolz und Beunruhigung.
„Ich fürchte, ich werde dir diesen Wunsch nicht erfüllen können,
Mina", sagte er dann beinahe zu ruhig für seine flackernde Miene.
„Ich fürchte, es ist nicht angebracht, dich hinaus zu lassen. Es könnte
gefährlich sein."
Enttäuscht sackte ich gegen die Lehne des Stuhles, auf dem ich saß.
Warum sollte es auf den Straßen Minoors auf einmal gefährlich sein?
Ich war und blieb ein Mädchen aus der untersten Schicht dieser
Stadt. Die Straßen waren für mich nicht gefährlicher als für die Ratten
– ich war einfach da.
„Bitte, Meister", bat ich leise. „Lucaniel wird auf mich achten."

Meine Ausbildung wurde bei den Wissenden genauso weitergeführt
wie mein Großvater sie begonnen hatte. Ich las die Schriften und
fasste ihren Inhalt in einem kleinen Buch zusammen, das der Meister
mit gegeben hatte, damit ich das Gelernte jederzeit bei mir tragen
konnte. Jede Woche eine neue Schrift, jede Woche ein neuer Eintrag
im Buch – jede Woche eine Stunde bei dem Meister, während der ich
ihm das Gelernte vortrug und er mich belehrte.
Lucaniel begleitete mich durch den Tag und ich sah ihn kaum mit
anderen sprechen, obwohl er bei den Mahlzeiten mit anderen
Wissenden an einem Tisch saß. Es gab nicht viele Wissende in
meinem Alter und wenn es doch welche gab, waren sie Lehrlinge, die
gerade erst begonnen hatten und ich fragte mich, wie Lucaniel bereits
voll ausgebildet sein konnte, obwohl er nur wenig älter als ich war –
vielleicht ein Jahr oder ein paar Monate mehr. Selbst ich, die seit dem
Kindesalter lernte, war noch in der Ausbildung. Wann musste er dann
begonnen haben?
„Mina?"
Erschrocken sah ich von der Schrift auf, wobei ich realisierte, dass
ich seit einiger Zeit darauf gestarrt haben musste, ohne sie überhaupt
anzusehen, und fing Lucaniels Blick auf.
„Mina? Du wirktest so abwesend."

„Ich habe nachgedacht. Es ist nichts, Lucaniel. Sei unbesorgt!“,
meinte ich und er ließ sich auf der Bettkante nieder, um neben mir zu
sitzen.
„Worüber hast du nachgedacht?“
Ich musterte ihn. Lucaniels Augen suchten mein Gesicht nach einer
Antwort ab wie meine seines nach dem Grund für die Frage, doch in
seinen Mundwinkeln lag ein zurückhaltendes Lächeln, das mich auf
eine seltsame Weise beruhigte.
„Über dich“, antwortete ich und seine Augen weiteten sich in
Verwunderung, während das Lächeln einen Beigeschmack von
Sarkasmus bekam.
„Warum solltest du über mich nachdenken, Mina? Du hast andere
Sorgen, die drängender sind als der Gedanke an mich.“
„Ich habe mich gefragt, wie du es geschafft hast, in deinem Alter
bereits die Ausbildung abgeschlossen zu haben“, sagte ich.
Das leicht sarkastische Lächeln erstarb auf Lucaniels Lippen als hätte
ich es getötet und er wandte den Blick von meinem Gesicht ab.
„Ich bin kein Wissender, Mina. Und ich werde es auch nie sein.“

Maana war da.
Sie war immer da, wenn er träumte, auch wenn er sie nicht sah, auch
wenn er sie nicht singen hörte. Er spürte, dass sie da war – er wusste
es einfach.
Der Weiher lag vor ihm. Ein paar Frösche quakten laut vor sich hin,
die Sonne spiegelte sich glitzernd im dunklen Wasser.
Dieses Mal würde er Maana sehen, dieses seltsame Mädchen – er
musste sie sehen. Er musste endlich wissen, wer sie war. Lucaniel
setzte sich an den Weiher, um die Füße in die angenehme Kühle des
Wassers zu senken und zu warten. Maana würde kommen. Sie kam
immer, denn nur ihretwegen war er hier und er hatte genug Zeit, um
auf sie zu warten.
Dann hörte er ihn, ihren Gesang, den kindlich vergnügten Gesang –
das ihm so altbekannte Lied
                                        und riss keuchend die
Augen auf. Im Bett auf der anderen Seite des Raumes drehte Mina
sich in ihrem Bett um und schniefte leise im Schlaf.

5

„Der Meister verlangt, dass ich dich auf die Felder vor der Stadt
bringe, damit du praktische Erfahrung im Sammeln erlangst."
Lucaniel reichte mir eine Hand zum Einsteigen in die Kutsche und
folgte mir dann in das Innere des Kutschhäuschens, wo ich mich
bereits auf der wunderbar weich gezogenen Sitzbank niedergelassen
hatte.
„Kanntest du meinen Großvater, Lucaniel?", wollte ich wissen, als wir
bereits das Stadttor passiert hatten.
„Nein. Ich bin ihm nie persönlich begegnet, doch er war ein wichtiger
Mann unter den Wissenden."
Nickend ließ ich meinen Blick aus dem Fenster wandern, das in die
Tür des Kutschhäuschens eingelassen war, und versuchte dabei, die
Enttäuschung abzuschütteln, die mich bei seiner Antwort
überkommen hatte. Was hatte ich auch erwartet? Nur, weil Großvater
ein Wissender war, hieß das nicht, dass er oft in ihrem Versteck
gewesen war.
„Was hat er bei den Wissenden getan? Mir hat er nie davon erzählt.
Ich wusste nicht einmal, dass die Wissenden existieren und dass ich
zu einer von ihnen ausgebildet wurde!"
Einen Moment lang sagte Lucaniel darauf nichts und ich blickte
wartend auf die hinter uns zurückfallende Stadt, die vorbeiziehenden
Felder, den blauen Himmel weit oben – der Tag war viel zu schön,
um von traurigen Dingen zu sprechen.
„Es ist nicht meine Aufgabe, dir davon zu erzählen, wenn dein
Großvater es für klüger hielt, es nicht zu tun. Verzeih mir!"

Lucaniel stand inmitten der Wiese. Der Geruch der Sommerblumen
war unbeschreiblich intensiv und er schloss die Augen, während ein
sanfter Windhauch durch seine Kleider und Haare strich.
Ein Lied, traurig schön, wehte ihm um die Ohren. Ein Lied, das seine
Mutter ihm damals oft vorgesungen hatte – damals, als er in seiner
Familie noch geduldet worden war. Es war Maanas Lied – und ihre
Stimme.
Lucaniel zögerte nicht damit, loszurennen, obwohl er sich nicht sicher
war, wohin er überhaupt laufen musste. Das hier war kein Traum, das
hier war die Realität und er hörte Maana singen. Endlich gab es einen
Beweis dafür, dass er nicht verrückt war!

Sein Fuß verhakte sich in einem Strauch und bevor er reagieren
konnte, stürzte er in die Wiese, überschlug sich und kam unsanft auf
dem Rücken zum Liegen – vor Schreck und Schmerz keuchend.
Maanas Gesang war verstummt.
„Lucaniel!"
Leise fluchend kam er wieder auf die Beine und sah Mina auf sich
zukommen. Der Schreck war deutlich in ihren Zügen zu erkennen.
„Lucaniel! Was ist geschehen?", fragte sie besorgt. „Ich hörte dich
schreien und..."
Er hatte geschrien? Wahrscheinlich als er stürzte.
„Ein Tier hat mich erschreckt, ein Hase", log er hastig und nahm Mina
an der Hand, um sie zur Kutsche zurück zu führen. „Ich muss mit
dem Meister sprechen, sogleich!"

Ein sanfter Sommerwind strich Lucaniel über das Gesicht, als er sich
im Gras aufrichtete. Die Weiherlichtung lag da wie immer und er sog
die Luft ein, um den herrlich herben Geruch des Waldes in sich
aufzunehmen. Er liebte die Weiherlichtung, auch wenn er wusste,
dass sie nur ein Traum war und in der Realität womöglich gar nicht
existierte. Sie war so friedvoll – das war es, was er an ihr schätzte.
Lucaniel pflückte sich eine der kleinen Blumen und betrachtete sie,
ohne genau zu wissen, was für eine Blume es eigentlich war. Die
Wissenden hätten es ihm sicherlich sagen können und manchmal
beneidete er sie um dieses unendliche Wissen über die Natur und die
Geschehnisse in Minoor, doch er erfreute sich trotzdem an all den
wunderbaren Dinge, die die Natur zu bieten hatte. Er war kein
Wissender und er hatte auch nie danach gefragt, einer zu werden.
Alles, was er wollte, war

                                        „Lucaniel!"
Erschrocken riss er die Augen auf und fand sich noch immer gegen
die Hauswand gelehnt wieder.
„Lucaniel, was tust du dort? Wolltest du nicht eiligst zum Meister?
Weshalb kommst du mir dann nicht nach?"
Seufzend stieß er sich von der Wand ab, um Mina auf den Marktplatz
hinaus zu folgen. Mina, auch sie war eine Wissende, doch sie schien
nicht danach gebeten zu haben, eine von ihnen zu werden. Warum
hatte man sie auf diese Art erzogen? Warum war sie keine normale
junge Frau in dieser Stadt? Es war nicht üblich, Frauen bei den
Wissenden aufzunehmen. In den letzten Jahren waren viele

vorgeschlagen worden, doch der Meister hatte es grundsätzlich abgelehnt, sie in die Lehren aufzunehmen. Warum dann plötzlich Mina?
Sie war nun die zweite Ausnahme im Versteck der Wissenden seit beinahe zehn Jahren. Die andere war er selbst gewesen.

Ich steckte die Blumen zwischen die letzten Seiten des Buches, das der Meister mir gegeben hatte, und machte einige Bemerkungen zu den Mitschriften, die ich über die Schriften meines Großvaters angefertigt hatte. Mir war aufgefallen, dass einige der Pflanzen ausschließlich in der Nähe anderer wuchsen und dachte, dass diese Auffälligkeit nützlich sein könnte, wenn ich noch einmal nach ihnen suchen sollte. Nachdenklich vermerkte ich es bei den jeweiligen Beschreibungen der Pflanzen, so würde ich schneller wiederfinden.
„Mina.“
Ich schreckte hoch und erblickte Lucaniel in der Tür, der gerade erst hereingekommen sein musste, dabei hatte ich weder seine Schritte, noch das Knarzen der Tür vernommen – wahrscheinlich viel zu sehr in das Buch vertieft.
„Der Meister verlangt uns beide zu sprechen!“
Verwundert schob ich das Buch unter die Bettdecke, steckte das kurze Stück Holzkohle in die Hosentasche, das ich zum Schreiben benutzte, und folgte ihm zum Raum des Meisters.
„Was ist denn der Grund?“, fragte ich, doch Lucaniel antwortete mir nicht, sondern stieß nur die Tür auf, sodass ich vor ihm eintreten konnte.
Der Meister saß hinter seinem Tisch und winkte uns mit ernster Miene herein. Da es keine Stühle für uns zu geben schien, blieb ich in einem respektvollen Abstand zu ihm stehen. Weshalb auch immer er uns hierher beordert hatte, es schien dem Meister besonders wichtig zu sein, erwartungsvoll wie seine Augen mir erschienen. Mit einem knappen Nicken in meine Richtung bedeutete er mir, dass seine nächsten Worte an mich gerichtet sein würden und ich machte einen neugierig gespannten Schritt auf ihn zu.
„Verrate Lucaniel deinen wahren Namen!“

6

Hätte ich an jenem Tag, an dem meine Mutter gefangen genommen wurde, nicht bei meinem Großvater im Wohnraum gesessen und Buchstaben gelernt, wäre auch ich auf dem Scheiterhaufen gestorben. Ich, als ihre Tochter, war ebenfalls eine Ketzerin. Durch ihre Erziehung – ihr Erbe – war ich verdorben und selbst mein Alter konnte dagegen nichts ausrichten. Ich war ein Ketzerkind.

An jenem Tag hatte meine Mutter mich zu meinem Großvater gebracht – beinahe als hätte sie gewusst, was ihr widerfahren würde – damit ich lernen konnte. Erst wenige Wochen zuvor hatte er damit begonnen, mir lesen und schreiben beizubringen. Noch heute erschien es mir wie ein gewollter Zufall, dass gerade ich die Inquisition überlebte, obwohl ich als Ketzerkind getötet werden musste. Mein Schicksal hatte der Scheiterhaufen sein sollen und vielleicht würde er es am Ende auch noch sein. Wer wusste schon, was einer Wissenden widerfahren konnte...

Lucaniel ließ sich fassungslos auf sein Bett sinken. Er konnte nichts anderes tun, als sie anzustarren – Mina oder Maana, oder wer auch immer sie war – er konnte nicht anders. Seit dem Zeitpunkt, an dem sie ihm eröffnet hatte, wer sie war, klebte sein Blick auf ihrem Gesicht und es kam ihm beinahe so vor, als hätte er sie nie zuvor angesehen, dabei hatte er das sicherlich. War sie ihm nicht gleich zu Beginn bekannt vorgekommen? Und hatte er damals nur nicht zuordnen können, an wen sie ihn erinnerte? Maana.

Das war sie nun, nur warum war sie so alt? Seine Traummaana war ein Kind gewesen, der Stimme nach zu schließen höchstens fünf Jahre alt. Aber wenn der Meister den Schluss zog, dass sie diese Traummaana war, dann war es wohl so. Doch weshalb hatte er von ihr als Kind geträumt – es war schockierend genug, dass sie überhaupt existierte, aber dass sie beinahe genauso alt wie er war...

„Meinst du nicht, dass es an der Zeit ist, mir das Ganze zu erklären, Lucaniel?"

Mina, oder Maana, saß auf ihrem Bett auf der anderen Seite der Kammer – ein wenig erschöpft in sich zusammengesunken. Ihre Augen huschten unruhig umher, verwirrt und ängstlich neugierig, niemals länger als einen kurzen Moment auf ihm verweilend. Ihr

behagte diese Situation nicht, er behagte ihr nicht und Lucaniel
konnte es ihn nicht verübeln.
„Ich kann es dir nicht erklären", sagte er vorsichtig und Maanas
Gesicht zuckte unsicher. „Aber ich kann versuchen, es dir zu
beschreiben."

Wir waren wieder auf den Wiesen vor der Stadt. Lucaniel hatte eine
Kutsche beschaffen, um mich dorthin zu bringen, wo die wilden
Blumen in diesem Jahr am häufigsten wuchsen. Wir brauchten beide
einen Ort, an dem wir ausreichend nachdenken konnten und gerade
diese Wiesen waren geeignet dafür. Hier konnte ich mich frei fühlen.
Wir hatten dem Meister nicht von diesem Ausflugswunsch erzählt.
Während ich mich mit meinem Buch auf die Suche nach jenen
Pflanzen machte, über die ich in den letzten Tagen gelesen hatte,
beobachtete Lucaniel mich mit einem Ausdruck in den Zügen, den ich
nicht einordnen konnte – irgendetwas zwischen Freude, Zufriedenheit
und seltsamer Weise auch Furcht. Ich wandte mich um.
Sein Blick tat weh, so ungewohnt fest auf mir ruhend, mir folgend –
so anders als sonst – und ich bekam beinahe Angst.

Maana...
Warum war gerade Mina diejenige, die sich in seine Träume
eingeschlichen hatte? Was hatte sie ihm damit sagen wollen? Dass
sie zu ihm kommen würde?
Sie war zu ihm gekommen, nur er hatte es gar nicht bemerkt. Er hatte
nie so weit gedacht, dass er jemals auch nur davon ausgegangen
war, ihr in der Realität zu begegnen. Lucaniel war sich sicher
gewesen, dass er sich daran erinnern würde, weshalb er von Maana
träumte, wenn er sie erst einmal sehen sollte – ob nun im Traum oder
in der Realität – doch er erinnerte sich nicht.
Ein wenig verzweifelt ließ er sich ins Gras sinken, legte sich auf den
Rücken und lauschte den Geräuschen der Natur – das sanfte
Rascheln der Halme, das Summen eines Insektes, der Ruf eines
Vogels.
„Lucaniel?"
Ohne die Augen zu öffnen wusste er, dass Sorge in ihrem Gesicht
stehen musste und es lockte ein Lächeln auf seine Lippen. Nun
öffnete er doch die Augen, um das antwortende Lächeln auf ihren
Lippen zu sehen, bevor sie sich neben ihn ins Gras setzte.

„Singst du mir dein Lied?", fragte er unsicher. „Nur ein einziges Mal?"

Ich musterte Lucaniels Gesicht. Er erschien mir derartig entspannt, dass er hätte schlafen können, wenn seine Lider nicht beständig unter Gedanken gezuckt hätten – wie ein hektisch flatternder Schmetterling. Seit ich zu singen aufgehört hatte, schwieg er als wäre er noch immer in meiner Stimme verloren, in dem Lied meiner Mutter – es war jenes Kinderlied, das sie mir früher vorgesungen hatte. Damals, als sie noch lebte.
Es war seltsam, dass Lucaniel gerade dieses Lied hatte hören wollen, doch inzwischen erschien mir vieles an ihm ein wenig seltsam. Lucaniel war kein Wissender, doch er hatte Visionen – Visionen von mir als Kind – und wegen meines falschen Namens hatte er nicht bemerken können, dass ich diejenige war. Was sollte daran nicht seltsam erscheinen?
Leise ließ ich mich auf den Rücken sinken, um in den Himmel zu blicken. Ein paar weißgraue Wölkchen zogen an der Sonne vorbei und wurden durch deren Licht strahlend hell, sodass ich wegschauen musste.
„Du hast mir nie gesagt, dass Mina nicht dein richtiger Name ist."
„Der Meister hatte es mir verboten!", entgegnete ich und Lucaniel setzte sich auf.
Es gefiel mir nicht, wie er von oben auf mich herab sah – da war ein weiteres Mal dieser Ausdruck, den ich nicht verstand und wieder tat er mir weh.
„Er hatte dir verboten, mir deinen wahren Namen zu verraten, aber nicht, mir zu sagen, dass Mina nicht dein wahrer Name ist", meinte er und ich seufzte angespannt.
„Wäre das nicht mit demselben Ergebnis geendet?", wollte ich wissen. „Es tut mir leid, Lucaniel. Ich wusste nicht..."
„Es soll dir nicht leid tun!", unterbrach er mich bestimmt und ich drehte den Kopf auf die Seite, sodass ich ihn nicht mehr ansehen musste und das Gras mich auf der Wange kitzelte. Ich konnte seinem Blick nicht weiter standhalten.
„Es soll dir nicht leid tun", wiederholte er um einiges sanfter. „Es ist nicht dein Fehler. Ich hätte auch das getan, was der Meister von mir verlangt, obwohl ich nicht einmal ein Wissender bin. Ich war ungerecht. Verzeih mir."

Ich hörte zu, nicht dazu fähig, etwas darauf zu antworten –genauso
verwirrt durch die ganzen Umstände wie er, viel zu verwirrt.
„He", sagte Lucaniel und schob vorsichtig eine Hand unter meine
Wange, damit er mich dazu bringen konnte, ihn anzusehen. „Es ist
doch letztendlich egal, wie du heißt, nicht wahr? Ich möchte lediglich
wissen, weshalb ich in meinen Träumen nach dir suche. Aber, ob du
nun Maana oder Mina bist, ist mir gleich. Ich mag beide von ihnen."
Ein seltsames Lächeln zuckte in seinem Gesicht und ich konnte nur
verloren zurückstarren. Was sollte ich darauf auch noch antworten?
Wir sahen uns an, eine unendliche Weile lang, als wüsste keiner von
uns beiden, was nun geschehen sollte. Etwas zwischen uns hatte
sich verändert, mit einem Mal war alles anders als zuvor.
Es war genau in diesem Moment, in dem wir und in den Augen des
anderen verloren, es war genau in diesem Moment, in dem die
Stimme des Meisters den Frieden zerfetzte.
„Auseinander! Ihr dummen Kinder!"

7

Ich war derartig erschrocken durch das plötzliche Auftreten des Meisters, dass ich nicht einmal dazu fähig war, in Tränen auszubrechen. Was sollte das? Warum beschimpfte er uns? Wie hatte er uns überhaupt gefunden, wo wir ihm doch gar nicht Bescheid gesagt hatten?

Mit zitternden Fingern strich ich mir die Haare aus der Stirn, die in der verwirrenden Furcht schwitzig kalt war. Der Meister saß zwischen Lucaniel und mir, während die Kutsche durch die Stadt rumpelte und sich dem Versteck der Wissenden näherte.

Ich wollte nicht ankommen. Ich hatte Angst davor, was uns dort erwarten würde, was der Meister uns sagen würde, dass er uns bestrafen würde – wie es weiterging. Ich wollte zurück auf die Wiesen, ich wollte glücklich sein, mehr nicht.

„In meine Kammer, sogleich!"

Wir folgten dem Meister aus der Kutsche und in die Gewölbe hinein, Lucaniel neben mir. Er warf mir einen Blick zu und obwohl seine Augen weich waren, erkannte ich die Verwirrung, das endlose Unverständnis darin.

„Setzen!", brummte der Meister auf die Stühle deutend, die an der Wand seiner Kammer standen. „Lucaniel, auf die andere Seite!"

Lucaniel gehorchte, nahm sich einen der Stühle und bezog damit den Platz, der am weitesten von mir entfernt lag, doch sein Blick suchte mich immer wieder auf. Seufzend ließ der Meister sich hinter seinem Tisch nieder, um uns mit einem Schweigen zu bestrafen, das auf der Haut brannte und das Atmen unmäßig schwer machte, sodass ich das Gefühl hatte, daran zu ersticken wie an einem Feuer – das hier war mein Scheiterhaufen. Und es fühlte sich an wie sterben.

„Du wirst nicht mehr auf Maana Acht geben, Lucaniel!"

Seine Stimme knisterte und knackte bedrohlich in den Ohren wie trockenes Holz.

„Du wirst aus der Stadt gehen, in das Außenlager!"

Es war in diesem Moment, in dem ich zu weinen begann. Es war in diesem Moment, in dem mein Innerstes ein weiteres Mal zerbrach.

„Warum sorgt Ihr dafür, dass wir Stunde um Stunde beisammen sind, dass wir uns verstehen, wenn Ihr uns nun doch wieder auseinander reißt? Warum wollt Ihr uns trennen?", schluchzte ich und durch den Tränenschleier konnte ich ihn kaum noch erkennen. Doch seine

Stimme blieb, was sie mit seinem ersten Satz geworden, die Basis
meines Scheiterhaufens, trocken und tödlich.
„Weil er dein Bruder ist, Maana!"

Er war nicht einmal acht Jahre alt gewesen, als seine Mutter ihn
verstieß.
Er war nicht einmal aus dem Kindesalter herausgewesen, als sein
Vater ihn in Ketten legen und in eine Gasse bringen ließ.
Er war nicht einmal der Öffentlichkeit von Minoor als Mann präsentiert
worden, als der Meister ihn vor den hungrigen Ratten rettete.
Er hatte seine Familie nie lieben können, die ihn aussetzte, als ein
besserer Thronfolger geboren wurde – doch er hatte nie eine
Schwester gehabt. Eine Schwester, eine Prinzessin in Minoor. In
seinem Leben hatte es sie nie gegeben und doch war sie nun da.
Hatte er sich nicht einmal gefragt, wem sie ähnlich sah?
Jetzt, wo er wusste, wer sie war, sah er es genau – sie ähnelte seiner
Mutter! Und sie hatte jenes Lied gesungen, das er als Kind so oft
vorgesungen bekommen hatte. Nur, warum hatte er keine
Erinnerungen an sie, wenn sie nicht viel jünger als er war?
Lucaniel war nur eines bewusst. Wenn die Wissenden wussten, dass
sie Geschwister waren, dann waren sie Geschwister und seine
eigene Schwester konnte er unmöglich lieben.

„Lucaniel!", flehte ich, als er damit begann, seine Sachen unter dem
Bett hervor zu holen. „Sprich mit mir! Es kann doch alles so bleiben,
wie es war!"
Er richtete sich auf. Sein Gesicht war regungslos kalt und abweisend.
Knapp schüttelte er den Kopf.
„Verstehst du es nicht, Maana?"
Die Tränen rannen noch immer über mein Gesicht, doch meine
Stimme war fester geworden – Großvater hatte mich nicht stark
gemacht, damit ich in Augenblicken wie diesen versagte.
„Nein", entgegnete ich trotzig. „Ich verstehe es nicht."
Plötzlich wütend packte er mich an den Schultern, um mich zu
schütteln als wolle er überprüfen, ob mein Verstand noch irgendwo in
mir schepperte oder ich ihn nicht bereits verloren hatte.
„Wir sind Geschwister! Was ist daran nicht zu begreifen? Wir sind
Geschwister, Maana!", spie er mir ins Gesicht. „Und ich hätte dich
beinahe geküsst!"

Fast schwächlich schüttelte er mich ein letztes Mal, bevor er mich
losließ und einen Schritt zurücktrat. Mit den Augen meine
verzweifelten Züge entlang huschend musterte er mich.
„Lucaniel", bettelte ich. „Wir können Freunde sein, so wie am Anfang!
Wir können wie Geschwister sein, oder? Wir können das! Bitte..."
Einem letzten Anflug von Hoffnung in mir nachgehend streckte ich die
Arme nach ihm aus, um ihn zu umarmen, doch er wich nur weiter
zurück.
„Nein, Maana", entgegnete er kalt und nahm seine Tasche vom Bett.
„Das können wir nicht. Ich werde gehen!"
Dann warf er sich die Tasche über die Schulter und verließ den
Raum, ohne mich noch einmal anzusehen, wie ich weinend dastand,
starr vor Verzweiflung.
Lucaniel war der dritte Mensch, den ich in meinem Leben verlor.

8

Die nachmittägliche Sommersonne blinkte fordernd durch das Blätterdach der Bäume hindurch als könnte sie es nicht erwarten, wieder auf ihn hinab zu brennen und Lucaniel zügelte sein Pferd ein wenig, um den kühlenden Schatten noch ein wenig länger zu genießen. Es war töricht gewesen, über Tag reisen zu wollen, doch er hatte nicht länger in Minoor bleiben können – nicht so, wie die Dinge sich entwickelt hatten.

Die Hufe des Pferdes trommelten in einem schnellen Trab über den Boden und wirbelten trockenen Staub auf, empört kreischend flatterte ein Häher davon, irgendwo hämmerte ein Specht auf Holz. Das Außenlager der Wissenden lag etwa drei Tagesritte von Minoor entfernt, wenn man in der Nacht pausierte. Einmal war er mit dem Meister dort gewesen, doch das lag bereits einige Jahre zurück und er erinnerte sich kaum noch, wie es dort aussah – ein Dorf ohne größere Siedlungen in der Umgebung. Es würde einsam dort sein, sehr einsam, und das war am besten daran. Einsamkeit war etwas, mit dem er aufgewachsen war und wusste, wie er damit umzugehen hatte.

Lucaniel trieb das Pferd wieder schneller voran. Bis zum Außenlager der Wissenden waren es drei Tage, wenn man in der Nacht pausierte, aber er würde nicht rasten. Er hatte es eilig, etwas zurückzulassen, für immer.

Die Hand des Mannes griff nach den Zügeln des Pferdes und hielt es an. Schnaufend und schwitzend tänzelte es auf der Stelle umher, sich gierig nach einem Büschel Gras bückend.

„Ihr seht erschöpft aus, junger Herr", meinte er. „Was führt Euch zu uns?"

Ohne ein Wort zog Lucaniel den Brief des Meisters hervor und reichte ihn weiter, bevor er sich aus dem Sattel zu Boden gleiten ließ. Seine schmerzenden Beine fingen ihn nur widerwillig auf, sodass er taumelte und der Mann nach seinem Arm griff, um ihn aufrecht zu halten, während er gleichzeitig den Brief überflog. Nickend faltete er ihn zusammen und steckte ihn in seine Hemdtasche.

„Willkommen im Außenlager, Lucaniel Königssohn!", sagte er anscheinend zufrieden mit dem, was der Meister ihm geschrieben

hatte. „Ihr scheint erschöpft zu sein. Ich werde Euch sogleich ein
Lager zuweisen lassen. Folgt mir, zuerst werden wir Euer Pferd
unterbringen müssen!"

Das Wasser des Weihers bewegte sich unter einem Windstoß, der
verwelkte Blütenblätter vom Gras wirbelte und davontrug. Ein Vogel
flatterte heran, um Lucaniel aus sicherer Nähe zu betrachten. Mit
schiefgelegtem Köpfchen hüpfte er um ihn herum, die tiefschwarzen
Augen fest auf ihn geheftet, allzeit flugbereit. Für einen Moment
musterten sie sich gegenseitig, bevor der Vogel mit gesättigter
Neugier weiterflog. Wehmütig sah er ihm nach, bis er zwischen den
Bäumen verschwunden war. Der Wind zerzauste ihm das Haar und
strich mit seinen weichen Fingern über seine Haut.
Lucaniel schloss die Augen und ließ sich zurücksinken. Warum war
er schon wieder hier? Er wusste doch inzwischen, wer Maana war,
weshalb sollte er dann noch von ihr träumen? Er wollte nicht an sie
erinnert werden – er brauchte den Abstand, den er geschaffen hatte.
Doch der Traum ging weiter, wie er es immer getan hatte.
Ihr Lied erklang – ihr lieblich kindlicher Gesang – und dieses Mal
wartete er, während das Stimmchen näher kam. Dieses Mal blieb er
auf der Weiherlichtung liegen, lief nicht, rief nicht, ließ die Augen fest
geschlossen.
„Du, Lucaniel?"

                                    Erschrocken riss er die
Augen auf und fand sich in seinem Bett wieder. Da war kein kleines
Mädchen direkt neben ihm, zu dem die Stimme von gerade gepasst
hätte, da war alleinig die Wand.
Enttäuscht drehte er sich auf die andere Seite und eine Träne der
Ungerechtigkeit löste sich aus seinem Augenwinkel.

Er entdeckte den Weiher, als er eine Wanderung durch den an das
Dorf grenzenden Wald unternahm. Die Lichtung lag still vor ihm, als
wäre er geradewegs in einen seiner Träume hineingestolpert und für
einen Augenblick war er sich sicher, dass es auch so geschehen war.
Doch das Gras fühlte sich derartig echt unter seinen Füßen an, der
Wind raschelte derartig reel in den Bäumen, der Geruch der Natur
war derartig intensiv, dass er nicht träumen konnte, aber jede
Einzelheit der Traumweiherlichtung stimmte.

Fasziniert von der Genauigkeit seiner Träume schritt er bis an das Ufer des Weihers heran, um die Zehen vorsichtig in das Wasser zu tauchen. Fröstelnd kalt war es, obwohl die Sonne heiß auf die Lichtung hinunter brannte. Genau wie in seinen Träumen.
Beinahe erwartete er, dass die kleine Maana...
Nein, er hatte beschlossen, sie zu vergessen! Verärgert ließ er sich ins Gras fallen. Er hatte nicht einmal an sie denken wollen!
„Du, Lucaniel?“, fragte die wunderbar kindliche Stimme. „Es ist toll, dich zu sehen!“
Das Mädchen stand neben ihm und sah neugierig auf ihn hinab und obwohl er wusste, dass es die kleine Traummaana sein musste, erkannte er sie nicht wieder. Er hatte dieses Mädchen noch nie zuvor gesehen.
„Du, Lucaniel“, wiederholte Maana und ließ sich neben ihn plumpsen. „Mama vermisst dich!“
Keuchend schreckte er auf. An demselben Ort zu erwachen, von dem er gerade geträumt hatte, ließ ihn beinahe daran glauben, dass er den Verstand verloren hatte. Zumindest war er wohl nah daran, denn, als er sich aufrichtete, suchte er nach dem platt gedrückten Gras, wo Maana sich gerade hingesetzt hatte. Doch es gab keine abgeknickten Halme, keinen Abdruck neben ihm.
Es war wieder nur ein Traum gewesen – wieder nur ein verfluchter Traum.

Die Sonne wanderte strafend langsam den Himmel entlang, während Lucaniel die Ställe des Dorfes ausmistete. Der beißende Geruch des Mistes nistete sich in seinen Kleidern ein und die Fliegen schwirrten um ihn, sodass ihn ein beständiges Summen umgab, doch die Arbeit lenkte ihn von seinen Gedanken ab. Nur immer, wenn er den Stand der Sonne prüfte, um zu sehen wie weit der Tag vorangeschritten war, schien sie sich kaum bewegt zu haben.
Er ließ sich Zeit mit dem Einstreuen der Boxen und dem Zurückführen der Pferde, aber bald fand sich in den Ställen keine Arbeit mehr, die er hätte verrichten können. Ziellos, die Gedanken jedoch stets mit Unwichtigem abgelenkt, wanderte er das Dorf hinab, um vielleicht durch Zufall auf eine neue Beschäftigung zu stoßen.
„Habt Ihr einen Moment Zeit, Lucaniel?“

Es war Harting, der Vorsteher des Außenlagers, der nach ihm
gerufen hatte.
„Ihr müsstet mir noch einige Dinge aus Minoor berichten! Der Meister
schrieb, Ihr wüsstet über die Geschehnisse in der Stadt Bescheid!"
„Da mag der Meister die Wahrheit geschrieben haben", meinte er
leise, bevor er sich gänzlich zu Harting umwandte, der ihn
abschätzend musterte. Was hatte der Meister bloß in seinem Brief
erwähnt, das diesen Blick – neugierig forschend, vielleicht ein wenig
missbilligend – dass diesen Blick rechtfertigte?
Hastig vertrieb er das Gefühl, ungerecht behandelt zu werden, aus
seinem Kopf. Es war in Ordnung, auf diese Weise angesehen zu
werden – es musste in Ordnung sein, solange er nur nicht an Maana
denken musste, solange sie weit genug voneinander entfernt waren.
Lucaniel folgte Harting in dessen Haus und dort in den Wohnraum,
wo er sich am Tisch niederließ. Harting reichte ihm einen Krug kühlen
Biers, wunderbar erfrischend an heißen Sommertagen wie diesem,
an denen er noch dazu den halben Tag in den Ställen gearbeitet
hatte.
„Es ist also wahr, dass es eine neue Hoffnung bei den Wissenden
gibt?", wollte er wissen und Lucaniel lief ein Schauer der Frustration
durch den Körper. Nervös rutschte er sich auf dem Stuhl in eine
angenehmere Sitzposition, den Blick fest auf das Bier im Krug
geheftet. Hatte er nicht geglaubt, vor diesem Thema sicher zu sein,
wenn er das Außenlager erst einmal erreicht hatte? Wie dumm dieser
Gedanke ihm nun erschien. Natürlich würden sie hier alles über die
einzig weibliche Wissende wissen wollen!
„Ich verstehe nicht gänzlich, wovon Ihr sprecht!", wich er aus, ein
entschuldigendes Lächeln auf sein verschwitztes Gesicht
gezwungen. „Doch wahrscheinlich meint Ihr damit die neuste
Wissende. Nun, sie ist erstaunlich klug für eine junge Dame aus dem
einfachen Volk."
Die Zufriedenheit in seiner Miene war vermischt mit Hoffnung und
Lucaniel wagte es nicht, ihn länger als einen Augenblick anzusehen –
aus Furcht, derartig starke Gefühle könnten auf ihn übergehen.
„Das ist eine erfreuliche Botschaft, die Ihr mir da überbringt,
Lucaniel!", frohlockte Harting und er nickte zustimmend, bevor er den
letzten Schluck des Bieres herunterkippte und sich die schwitzig
nassen Haare aus der Stirn wischte.

Der Geruch von Mist stieg ihm in die Nase und er verzog angewidert
das Gesicht. Er brauchte ein Bad – ein Bad und Ruhe – und er
wusste bereits genau, wo er es nehmen würde.

9

Ich bekam keinen neuen Begleiter, der mich bewachte, doch das lag nicht daran, dass der Meister es nicht wollte. Ich hatte es nicht gewollt, ich hätte es nicht zugelassen. Ich war nicht mehr dazu fähig, auf einen Menschen einzugehen – nicht nach Lucaniels Fortgehen. Zurückgezogen in meine Kammer las ich eine Schrift nach der anderen, bis es keine mehr in Großvaters Kiste gab, die ich nicht bereits durchgearbeitet hatte. Das Buch des Meisters füllte sich mit Notizen, meine verzweifelte Langeweile wuchs.

Mein Wissen über die Natur war alles, an das ich mich in diesem Leben noch klammern konnte, denn ich wusste nicht mehr, wem ich vertrauen konnte, wer bei mir stehen würde, wenn die Stille kam. Es gab alleinig zwei Personen, die mir hätten helfen können – Großvater und Lucaniel, doch weder wusste ich, wo Großvater sich befand, noch, ob Lucaniel jemals aus dem Außenlager wiederkehren würde, um mich zu sehen. Ich war einsam in meiner Angst, niemand war da, der mich von ihr erlösen konnte.

Die Geschehnisse um Lucaniel und mich waren schnell geschehen, viel zu schnell, um sie wirklich zu begreifen. Ich hatte nicht gewollt, dass dieses Gefühl jemals in mir verblasste – dieses Gefühl der Sicherheit, das er mir gegeben hatte. Ich wollte, dass es blieb, und doch wusste ich, dass es sinnlos war, ihn zu lieben, wo wir doch Geschwister sein sollten.

Hatte der Meister Lucaniel deshalb zu sich genommen, obwohl er kein Wissender werden würde – weil er mein Bruder war und ich eine Wissende sein würde?

Ich glaubte nicht daran – keine einzige Einzelheit an unserer Verwandtschaft glaubte ich, denn ich war mir sicher, dass Großvater mir von einem Bruder erzählt hätte, hätte ich einen gehabt und es war mit diesem Gedanken, dass ich am Meister zu zweifeln begann. Irgendetwas stimmte nicht mit seinen Worten, mit seinen Lehren, mit ihm selbst. Er hatte nicht die Wahrheit über uns gesagt, dessen war ich mir sicher.

„Ich bringe Euch von den Pflanzen, die der Meister für Euch hat sammeln lassen, Fräulein Mina", sagte der junge Wissende und überreichte mir ein paar Papiertütchen, die ich vorsichtig entgegen nahm, denn Papier war kostbar. Dass der Meister Papier dafür

verwendete, Kräuter zu sammeln, zeigte mir eindeutig, dass er
jemand anderes sein musste, als der, für den ich ihn anfangs
gehalten hatte. Vielmehr schien er reich und einflussreich zu sein.
„Dir sei gedankt!", meinte ich. „Ich würde nun gerne ungestört
weiterarbeiten!"
Der junge Wissende nickte zaghaft und verließ sogleich meine
Kammer und obwohl ich wusste, dass ich ihm gegenüber unhöflich
abweisend gewesen war, hatte ich kein schlechtes Gewissen
deshalb.
Ich untersuchte den Inhalt der Papiertüten. Der Meister hatte dafür
gesorgt, dass ich all jene Kräuter bekam, die ich zum Herstellen
meiner ersten Heilsalben benötigte. Mich hatte nie ein Zweifel daran
beschlichen, dass ich eines Tages die Arbeit meiner Mutter fortführen
würde, doch es fühlte sich seltsam an, es in der Realität tatsächlich
zu tun.
„Ihr wäret sicherlich stolz auf mich, Großvater!", seufzte ich, nahm
einen Klöppel zu Hand und begann die getrockneten Kräuter zu
zerkleinern. „Wenn Ihr wüsstet, wie viel ich in den vergangenen
Wochen gelernt habe, würdet Ihr mich sicherlich loben. Ich wünschte,
Ihr könntet das tun!"

Lucaniel ließ sich nahe dem Ufer nieder, um in den fernen Himmel zu
blicken, wo der Mond in einer Helligkeit leuchtete, die er ihm niemals
zugetraut hätte, und doch war es dunkel auf der Weiherlichtung.
Seufzend streckte er sich im Gras aus. Es war nicht kalt hier in der
Nacht, der späte Sommer hing wie ein allzeit heißes Feuer in der Luft
und ließ auch zu dieser späten Stunde des Tages keine Abkühlung
zu. Es würde gut tun, in den Weiher zu steigen.
Einen Augenblick lang überlegte er, ob er die Kleider am Ufer
zurücklassen sollte, doch dann entschied er sich, mit ihnen
hineinzusteigen. Der Schweiß des harten Arbeitstages klebte auf
seiner Haut und ließ den Stoff unangenehm riechen. Vielleicht würde
das Wasser diesen Geruch wegspülen.
Lucaniel ging nicht weit hinein, denn wie in seinen Träumen war das
Wasser kalt und es ging stetig tiefer hinab, sodass er dem Ufer nahe
blieb, wo er stehen konnte. Schließlich konnte er nicht schwimmen.
                                                „Du, Lucaniel?"
Er lag im Gras, die Sonne brannte heiß auf seiner Haut, doch ein
kleiner Schatten hockte neben ihm. Blinzelnd sah er genauer hin und

erkannte in dem Kind die kleine Traummaana, die er bereits während seines letzten Traumes getroffen hatte.
„Mama vermisst dich!"
Diesen Satz kannte er, schließlich war er es gewesen, der ihn hatte aufschrecken lassen, erstaunlich wie er klang.
„Warum?", fragte er, obwohl es ihm dümmlich erschien. Wieso sollte seine Mutter ihn vermissen, wenn sie ihm eigenhändig die Augen verbunden hatte, damit er den geheimen Weg in den Palast nicht wiederfand, sollte er sich doch von seinen Fesseln befreien können. Verständnislos sah Maana auf ihn hinab, die großen Kinderaugen erschienen ihm dabei viel zu klug.
„Weil sie dich lieb hat, Lucaniel. Sie weint, wenn es dunkel wird. Aber nur heimlich. Sie glaubt nicht daran, dass du zurückkommst. Das macht Mama traurig, sehr traurig, Lucaniel!"

„Fräulein Mina?"
Ich blickte auf. Ein junger Wissender stand in der Tür und erst nach einigen Augenblicken realisierte ich, dass es derselbe war, der mir bereits beim letzten Mal die Kräuter gebracht hatte.
„Komm herein", bat ich. „Ich habe bereits erwartet, dass der Meister mir bringen lassen würde, was ich benötige."
Zögernd, beinahe ein wenig schuldbewusst, schloss er die Tür hinter sich, blieb jedoch direkt davor stehen als erwartete er, ich würde ihn sogleich wieder fortschicken.
„Ich habe keine Kräuter für Euch, Mina", sagte er leise. „Ich soll Euch einen Brief überreichen."
Ich spürte wie meine Züge sich aufhellten und ich zu lächeln begann – ein absurdes Gefühl, zu lächeln war seltsam aufwendig geworden. Ganz, als würden mir meine Mundwinkel nicht mehr gehorchen wollen.
Ein Brief! Seltsamer Weise konnte ich nur an Lucaniel denken, als ich das Kuvert sah. Er hatte sich anders entschieden, sicherlich konnte es nur so sein. Er würde zurückkehren!
Doch die Schrift, in der mein Name auf das Kuvert geschrieben war, war nicht Lucaniels und obwohl ich seit langem auf eine Nachricht gewartet hatte, spürte ich das widerwillige Lächeln ersterben, als ich Großvaters Handschrift erkannte. Es war ungerecht, dass ich mich über diesen Brief nicht freuen konnte, es war einfach ungerecht!

„Ihr seht nicht glücklich aus, Mina", stellte der junge Wissende fest und ich nahm den Brief entgegen, ohne ihn anzusehen, denn er schien meine Gefühle in meinen Augen lesen zu können. Ich wollte kein Mitleid, denn es gab einfach niemanden, der wirklich verstand, was ich fühlte.

„Es ist wegen Lucaniel, habe ich Recht?", fragte er und ich spürte noch im selben Moment den schmerzhaften Stich als hätte er mir ein Messer zwischen die Rippen gestoßen.

„Das hat dich nichts anzugehen!", zischte ich bedrohlich und er tat etwas, mit dem ich niemals gerechnet hätte. Er verbeugte sich vor mir.

10

„Deine Heilsalben weisen größte Hingebung und Qualität auf, Mina", lobte der Meister sichtlich entzückt. „Du bist des Titels einer Heilerin durchaus würdig, weshalb es an der Zeit ist, dir einen anderen Teil unseres Versteckes zu zeigen."
Es wunderte mich nicht sonderlich, dass es noch Bereiche in diesem Gewölbe gab, die ich bis zu diesem Zeitpunkt nicht betreten hatte, denn in den wenigen Monaten, die ich seit Großvaters Verschwinden hier war, hatte ich den Bereich mit den Schlafkammern nur verlassen, um in den Raum des Meisters zu gelangen.
„Du solltest wissen, Mina, das ich all diese Wissenden ausbilde, weil es in dieser Stadt an Dingen mangelt, die für das Leben alter und siechender Menschen nötig sind!", brummte er mit seiner warmen Stimme und tatsächlich wusste ich sogleich, was er meinte.
„Die Heiler", entwich es mir. „Sie wurden alle verbrannt?"
„Nur wenige haben die Inquisition überlebt. Zu wenige, um die Seuchen einzudämmen!"
Der Meister führte mich einen Bogengang entlang, um schließlich eine Holztür an seinem Ende aufzustoßen. Dahinter lag ein weiterer Bogengang, doch er war zu etwas umgebaut worden, das ich zuvor noch nie gesehen hatte. Lagerstätten, zusammengezimmert aus Holz, mit Laken aus Leinen säumten die Wände, nur ab und an von Regalen unterbrochen, auf denen Töpfchen mit Salben und Kräutern standen. Einige in Kutten gehüllte Wissende, die ich zuvor nur selten im Speisesaal gesehen hatte, eilten zwischen den Betten umher.
„Dies ist unser Siechenhaus, der Ort, an dem ausgebildete Heiler die Siechenden dieser Stadt versorgen!"
Stolz schob er mich hinein.
„Ist es nicht eine Gefahr, wenn das Volk weiß, wo wir zu finden sind?", fragte ich und er lachte leise.
„Solange die Königin Minoors nur von diesem Siechenhaus weiß, sind wir sicher. Das Königshaus unterstützt uns. Sie dürfen nur nicht von dir erfahren, Mina!"

Das Dorf war in heller Aufregung, als er am nächsten Morgen von der Weiherlichtung zurückkehrte, doch der erste Anflug von Reue, dass er ohne eine Erklärung weggeblieben war, verflog sogleich wieder, als er bemerkte, dass nicht er die Ursache dieser Aufregung war.

Ein Mann schien gerade erst zwischen die Häuser geritten zu sein.
Sein Haar war weiß wie der Schaum, der dem erschöpften Pferd aus
dem Maul lief, und die Menschen ringten sich um ihn als wäre er der
Meister persönlich. Neugierig trat Lucaniel näher. Er hatte diesen
Mann ab und an gesehen, wenn er im Hauptversteck der Wissenden
gewesen war, doch er hatte nie mit ihm gesprochen. Er wusste, wer
dieser Mann war – Maanas Großvater, ein wichtiger Mann unter den
Wissenden – doch eigentlich war ihm fremd.
„Ihr kommt gerade recht, Lucaniel!"
Harting war von hinten an ihn herangetreten. Eine Hand ruhte auf
seiner Schulter und er schob ihn in den Kreis der Dorfbewohner
hinein, um ihm die Zügel des Pferdes in die Hände zu drücken.
„Ihr wisst, wo Ihr das Tier unterzubringen habt!", sagte er. „Kommt
danach in mein Haus."
Widerwillig führte er das Pferd davon. Seine Abwesenheit war also
nicht unentdeckt geblieben. Wahrscheinlich wollte Harting ihn
zurechtweisen, dabei hatte er sich erhofft, von den Dorfbewohnern zu
erfahren, was der Mann hier tat. Allerdings war er sich nicht sicher,
ob er es von Harting erfahren würde, wenn er bereits ungehalten über
sein Verhalten war.
„Es wird ihm wohl noch weniger zusagen, wenn ich mich um
Angelegenheiten kümmere, die mich nichts anzugehen haben!",
seufzte Lucaniel, während er die Scheunentore öffnete. Das Pferd
sah ihn geduldig an, als ob es ihn genau verstand. Kopfschüttelnd
führte er es an einen freien Platz und versorgte es mit Wasser und
Heu, bevor er zu einem alten Lappen griff, um ihm den Schweiß von
den Flanken zu reiben.
„Dein Herr hat dich nahezu geschindet", brummte er und das Ohr des
Pferdes ruckte in seine Richtung herum. „Beinahe, als wäre er auf der
Flucht."
Die Antwort war ein erschöpftes Schnauben.

Ich zog den Zettel meines Großvaters hervor, den ich damals auf der
Kiste mit seinen Schriften gefunden hatte – an jenem Tag, an dem
alles begonnen hatte, umständlich zu werden.
„Vertraue den Wissenden", stand dort in seiner krakeligen Handschrift
geschrieben und ich musste plötzlich lächeln, spöttisch unsicher
zuckten meine Mundwinkel empor.

Ich war Großvaters Regeln stets gerecht geworden und wenn er mir jemals direkt gesagt hätte, ich solle dem Meister vertrauen, dann hätte ich dem bedingungslos Folge geleistet, ohne über den Sinn dieser Regel nachzudenken. Ich hatte nie einen Sinn in Großvaters Regeln gesehen – früher zumindest. Einiges ergab sich inzwischen mit der Erklärung, eine Heilerin werden zu sollen. Doch der Satz *„Vertraue den Wissenden"* beinhaltete nicht unbedingt, dass ich ihnen blind vertrauen sollte. Er gebot mir nicht, alles zu glauben, was der Meister sagte und das tat ich nicht.

„Ihr hättet vieles einfacher für mich gestalten können, Großvater", seufzte ich und steckte den Zettel zu seinen Schriften zurück, „hättet Ihr mir nur einige Dinge erklärt."

Die Arbeit im Siechenhaus brachte Normalität in mein Leben zurück, denn der geregelte Ablauf meines Tages schien keine außergewöhnlichen Geschehnisse zu erlauben und ich verbrachte immer mehr Stunden damit, nicht an Lucaniel oder Großvater zu denken. Das Siechenhaus gab mir Sicherheit.

Einige Tage teilte ich auf, sodass ich Zeit dazu bekam, neue Heilsalben herzustellen. Ich war froh, dass ich eine Ablenkung gefunden hatte, auch wenn mich viele der Gebrechen der Menschen im Siechenhaus tief erschreckten und meine Sorgen mich abends im Bett wieder überfielen – ich hatte trotzdem an Lebenswillen und Frohsinn zurückerlangt.

Bei meiner Arbeit stand mir Robert zur Seite, der junge Wissende, der mir anfangs die Kräuter vom Meister überbracht hatte. Er erklärte mir die Einteilung der Heiler, welche bestimmte, wer wo zu arbeiten hatte. Im Grunde jedoch bestand es einfach darin, dass jeder Heiler einen Bereich mit Betten zugeteilt bekam.

Anfangs bekam ich Kranke, deren Leiden leichter zu heilen waren, als die der meisten anderen im Siechenhaus. Ein Bursche, dessen Bein von einem Pferdetritt geschwollen war und den ich alleinig dazu bringen musste, still zu liegen. Eine Magd, die gestürzt war, eine Adelsdame mit Schmerzen im Rücken. Ich sah meist zweimal am Tag bei ihnen vorbei, sprach mit ihnen, trug Salben auf und widmete mich dann der Herstellung von neuen Salben.

„Ihr seid äußerst fleißig, Mina!", stellte Robert einmal fest. „Ihr macht Eure Arbeit mit einer Freude, die ich selten bei anderen Heilern gesehen habe."

„Es erfreut mich, wenn ich anderen Menschen helfen kann, ihr Leiden zu überwinden“, entgegnete ich und er lächelte, wenn auch nur kurz. „Weshalb klingt alles, das Ihr mir sagt, derartig traurig, Fräulein Mina?“

Seufzend trieb ich den Klöppel ein wenig härter als gewollt in die Schale, in der sich die getrockneten Überreste von Sommerblüten ihrem Schicksal ergaben und knirschend zu Pulver wurden. Robert mochte mir als weibliche Heilerin großen Respekt entgegenbringen, doch die Art, wie er meine Gefühle zu erspüren schien, um sie laut auszusprechen, missfiel mir. Was sollte es nützen, mir meinen eigenen Unmut an den Kopf zu werfen? Ich würde nur noch tiefer darin versinken.

„Robert, ich dulde dich in meiner Kammer, weil du mir angeboten hast, meine Schriften über die Heilmethoden verschiedener Leiden zu ergänzen, indem du mir dein Wissen darüber anvertraust“, sagte ich und die Schärfe meiner Stimme ließ ihn unruhig auf seinen Stuhl umher rutschen – der Stuhl, der einst Lucaniel gehört hatte. „Ich habe nie darum gebeten, dass du mein Gemüt zu verstehen versuchst, denn dazu ist kein Mensch in der Lage, der nicht mein Leben gelebt hat!“

„Verzeiht, Mina!“, murmelte er und ein weiteres Mal knirschte der Klöppel lauter in der Steinschale, als ich es beabsichtigt hatte.

Harting war allein in seiner Hütte, als Lucaniel zu ihm kam und nur die zwei geleerten Bierkrüge auf dem Tisch verrieten, dass der fremde Alte, Maanas Großvater – musste er dann nicht auch sein eigener Großvater sein? – bei ihm gewesen war.

„Setzt Euch, Lucaniel!“, bat er. „Ich muss Euch um etwas bitten.“ Eine Bitte, nicht die erwartete Unterredung über sein unangekündigtes Fernbleiben in der letzten Nacht. Lucaniel folgte der Aufforderung, sich zu setzten, mit geweckter Neugierde und musterte Harting dabei.

„Da Ihr mir den Grund für Eure Flucht aus Minoor nicht nennen wolltet, bin ich mir nicht sicher, ob ich Euch darum bitten kann, dorthin zurückzukehren, um eine Nachricht an den Meister zu überbringen“, meinte er und Lucaniel verzog das Gesicht zu einer unsicheren Miene, als sich Maana nun wieder in seine Gedanken hineinzwängen konnte. Ein Ritt nach Minoor würde bedeuten, dass er

Gefahr lief, ihr dabei zu begegnen und er fühlte sich nicht sicher dabei. Es würde wehtun, sie zu sehen.

„Nun, Ihr seht nicht danach aus, als würdet Ihr Euch dazu in der Lage fühlen", seufzte Harting. „Ich werde jemand anderen darum bitten müssen!"

„Nein", widersprach er schnell. „Ich werde es tun, wenn Ihr mir erlaubt, sogleich zurückzukehren."

Mit hochgezogenen Augenbrauen musterte er ihn, als würde er ahnen, was der Grund für seine Flucht gewesen war, doch wenn er es wusste, verbarg er es gut. Er hatte nie einen Zusammenhang zwischen ihm und Maana gezogen.

„Wenn Ihr es derartig eilig habt, die Reise zu beenden."

„Es gibt nichts, das mich in der Stadt halten würde", log Lucaniel, denn gerade das war schließlich der Grund für diese Bedingung. Wenn er erst einmal einige Stunden in Minoor gewesen sein würde, wäre es viel schwerer, die Stadt erneut zu verlassen – Maana erneut zu verlassen. Ein weiteres Mal würde er sie nicht vergessen können. Er durfte ihr folglich nicht begegnen und die Möglichkeit dafür stand höher, je weniger Zeit er dort verbrachte.

„Welche Nachricht soll ich dem Meister überbringen?"

Harting nickte anscheinend zufrieden mit seiner Entscheidung.

„Sagt ihm, sein Bruder sei endlich bei uns angelangt und sei wohlauf. Sagt ihm, er werde vielleicht bald nach ihr schicken lassen."

11

Wenn ich nicht im Siechenhaus war oder mit Robert zusammen an meinen Notizen arbeitete, verbrachte ich meine Zeit damit, gänzlich neue Salben zu mischen – und ich hatte genügend dieser Zeit. Ich begann mein Wissen über die verschiedenen Blumen und Kräuter zu nutzen, um sie in Verbindungen zu verarbeiten, die zuvor noch niemand genutzt hatte. Dabei benutzte ich vor allem die Notizen über ihre verschiedenen Wirkungen, die ich in meinem Buch festgehalten hatte. Ich war mir sicher, dass sich diese Wirkungen ergänzen konnten und jeden meiner Versuche schrieb ich auf, um ihn wiederholen zu können. Ich testete diese Salben zuerst an einer unglücklichen Magd, die sich beim Kochen derartig ungeschickt angestellt hatte, dass sie sich die Hände an der Herdstelle verbrannt hatte. An der einen Hand trug ich die bisher verwendete Salbe auf, an der anderen meine neu zusammengestellte und konnte tatsächlich feststellen, dass meine die Heilung der Haut schneller vorantrieb. Der Meister war von meinen Entdeckungen begeistert und sorgte fortan dafür, dass alle Heiler des Siechenhauses meine Mischungen übernahmen. Meine Mutter wäre stolz auf mich gewesen, pflegte er mir zu versichern und ich zweifelte keinen Augenblick daran, dass er damit die Wahrheit sagte. Und wenn Großvater kommen würde, so wie er es in seinem Brief versprochen hatte, dann würde auch er stolz auf mich sein können, denn ich hatte mich stets an seine Regeln gehalten und hatte gelernt. Ich war eine würdige Wissende geworden.

Ich war gerade auf dem Rückweg in meine Kammer, um mich für die Nacht umzukleiden und mich dann dem drängenden Gefühl der Müdigkeit hinzugeben, das mich nach anstrengenden Tagen im Siechenhaus überkam, als ich ihn sah.
Lucaniel schien gerade die Kammer des Meisters verlassen zu haben und kam nun direkt auf mich zu, ohne mich jedoch gesehen zu haben, denn sein Blick war nachdenklich auf die Füße gerichtet.
Alleinig sein Anblick versetzte mich in eine seltsam unbändige Hoffnung und ich blieb mitten im Gang stehen – eine Mischung aus Wiedersehensfreude und Angst in mir.
Im selben Moment sah er auf und seine Augen fanden mein Gesicht mit einem Entsetzten, das mich sogleich zurückstieß. Ich hätte nicht

stehenbleiben dürfen, ich hätte sofort umkehren und fortlaufen sollen, denn ich wusste, dass er nicht meinetwegen hierhergekommen sein konnte. Und doch ließ mich die Hoffnung nicht los.

„Lucaniel", hauchte ich, unfähig lauter zu sprechen. „Du bist wieder da!"

„Ja", antwortete er vorsichtig. „Ich musste dem Meister eine Nachricht überbringen."

Seine distanzierte Miene hielt mich auf einige Schritte Abstand von ihm, obwohl alles in mir danach drängte, auf ihn zuzugehen und ihn zu umarmen.

„Wie lange bleibst du?", wollte ich wissen, bemüht, ihn nicht hören zu lassen was in mir vorging.

Etwas flackerte in seinen Augen auf – Traurigkeit vielleicht, oder Sehnsucht? – doch er hatte schnell die Kontrolle über seine Züge zurückerlangt.

„Gar nicht. Ich bin nicht deinetwegen hier, Mina!"

Ich spürte etwas in mir zusammenschrumpfen, verschrumpeln wie einen alten Apfel, bis er faulig war und zu stinken begann. Es war, als beginne mein Innerstes zu wesen, um eine leere Hülle von mir zurückzulassen, eine gefühllose Puppe aus Haut und Knochen.

„Ich dachte, wir könnten miteinander sprechen", brachte ich hervor. Meine Stimme klang dabei genauso hohl wie ich mich fühlte. „Ich dachte, wir könnten–"

Ich brach ab, als ich sein kaltes Gesicht sah und ich wusste, dass alles, was ich sagen würde, sinnlos für ihn klang. Er würde nicht bleiben.

„Du kennst das Gesetz Minoors, Mina! So etwas wie zwischen uns geschehen ist, ist in dieser Stadt nicht erlaubt!"

Etwas an der Art wie er es sagte, versetzte mich in Rage. Das war nicht seine eigene Meinung gewesen, das konnte sie nicht gewesen sein! Lucaniel hatte nie den Eindruck auf mich gemacht, als würde ihn das Gesetz Minoors interessieren.

„Hör auf an das Gesetz zu denken und sieh doch endlich wer wir sind, Lucaniel!", fauchte ich. „Sei doch endlich einmal du selbst und sag mir, was du fühlst, denn dann kann es keine Lüge sein! Und das weißt du! Die Liebe täuscht vielleicht, aber sie lügt nicht! Du bist nicht mein Bruder, Lucaniel, wo interessiert da noch das Gesetz?"

Beinahe mitleidig verzog er die Lippen zu einem Lächeln – spöttisch und doch in einer fremden Weise traurig – bevor er sich dazu

verpflichtet zu spüren schien, mir auf diesen Ausbruch zu antworten. Doch ich setzte noch einmal an, um meine Worte zu bekräftigen.
„Großvater hätte es mir sicherlich erzählt, wenn ich einen Bruder gehabt hätte, da bin ich mir sicher!"
„Ich mir allerdings nicht!", entgegnete er kühl. „Es ist nun Zeit für mich zu gehen. Ich bin froh, dass wir uns unterhalten haben. Es hat mich endgültig davon überzeugt, dass wir uns kein weiteres Mal treffen sollten!"
„Nicht wieder treffen?", stammelte ich fassungslos, denn der Gedanke war unvorstellbar für mich.
„Nein, Mina. Nie wieder!"
Mir einem letzten mitleidigen Blick zuwerfend schob er sich an mir vorbei und war den Gang hinuntergeeilt, bevor ich mich nach ihm umdrehen konnte. Die Tränen rannen kalt über mein Gesicht und brannten trotzdem auf der Haut, als würden sie sich eine Rinne hindurchbrennen. Und dann waren Arme da, die sich um mich schlossen und ich wusste, wer es war.
„Es ist also doch wahr!", grollte Robert nahe meinem Ohr. „Es ist Lucaniel, weshalb Ihr traurig seid!"

Er ritt nicht in das Außenlager der Wissenden zurück, zumindest nicht auf dem schnellsten Wege. Stattdessen trieb er sein Pferd zwischen die Bäume des Waldes, bis hin zur Weiherlichtung. Sanft brachte er es zum Stehen und ließ sich achtlos ins Gras gleiten, wo sein Fuß in einer Unebenheit landete und bedrohlich laut knackte.
Fluchend humpelte er zum Wasser hinüber, um sich dort mit dem geschädigten Fuß eingetaucht niederzulassen, in der Hoffnung, die Kühle des Weihers würde eine Schwellung verhindern. Wenn er eine Strafe dafür bekommen sollte, dass er diese Dinge zu Maana gesagt hatte, dann erschien ihm dieses als gerecht. Was war denn schon ein geschwollener Fuß im Gegensatz zu einer gebrochenen Seele?
„Ich bin nicht deinetwegen hier", wiederholte er seine eigenen Worte. „Wir sollten uns nie wieder treffen…"
Lucaniel hatte das nicht sagen wollen, doch er war sich derartig sicher gewesen, dass er ansonsten nicht mehr von ihr losgekommen wäre – er hatte es sagen müssen.
„Ich bin bei Weitem nicht so stark wie Maana!", murmelte er.
Irgendwo hinter ihm schnaubte sein Pferd und rupfte Gras aus dem Boden, das es unter leisem Umherwandern fraß. Es war ein treues

Tier, deshalb hatte er es in Minoor ausgewählt, damals, als er zum ersten Mal geflohen war.

„Du siehst unglücklich aus, Lucaniel!"

Seufzend schloss er die Augen. Inzwischen erschrak er nicht mehr, wenn er sich in seiner eignen Traumwelt wiederfand und die Stimme des Mädchens vernahm. Es war eine willkommene Abwechslung geworden.

„Ich bin unglücklich", sagte er. „Ich habe dir schließlich wehgetan!"

„Weil du dir die Wahrheit nicht eingestehen kannst, Lucaniel. Aber damit bist du Mama ähnlich."

Verwundert blickte er die kleine Traummaana an. Ihre Augen blinzelten zu ihm hinüber, während sie mit einem Blümchen herumspielte.

„Sie hätte dich damals mitnehmen können, aber sie dachte, ohne die Wahrheit würde es dir besser ergehen!", sprach sie bekümmert weiter und rupfte ein Blütenblatt aus, dann noch eines, als würde sie ein Kinderspielchen spielen.

„Ich bin meiner Mutter nie wieder begegnet, nachdem sie mich verstoßen hatte", widersprach er, aber sie kümmerte sich nicht groß darum. Ihre kleinen Finger arbeiteten sich nun flinker durch die Blütenblätter.

„Doch, das bist du. Und zwar genau hier!"

„Meine Mutter hat den Palast nie verlassen. Sie hatte Angst vor der Außenwelt!", rief er. „Ich kann ihr also nie begegnet sein!"

Die kleine Traummaana riss das letzte Blütenblatt von der Blume, betrachtete kurz den kahlen Rest und ließ sie dann sinken, um ihn wieder anzusehen.

„Von wem sprichst du da, Lucaniel?"

Eine warme Schnauze stupste ihm gegen die Stirn und er erschrak zutiefst, als er das Pferd plötzlich über sich sah. Japsend rollte er sich zur Seite davon, dann erst erkannte er, was passiert sein musste. Er war aufgewacht, der Traum war vorbei...

„Ist ja gut", flüsterte er dem Pferd beruhigend zu, das mit schreckhaft zurückgelegten Ohren vor ihm zurückgezuckt war. „Ist ja gut!"

Er stand auf. Sein Fuß war dank des kalten Wassers nur wenig angeschwollen und schmerzte kaum. Erleichtert schwang Lucaniel sich in den Sattel.

„Komm", sagte er. „Lass uns heimkehren. Ich muss Harting eine
Nachricht überbringen!"

12

Ich zog Großvaters Brief unter der Matratze meines Bettes hervor und strich ihn glatt, denn in den Nächten, die er unter meinem Gewicht verbracht hatte, war er ein wenig knittrig geworden. Ich hatte ihn bis jetzt nur ein einziges Mal gelesen, in Roberts Gegenwart, wo ich bedacht gewesen war, meine Gefühle nicht allzu offensichtlich zu zeigen.
Die Worte verschwammen vor meinen Augen. Großvater würde mich holen kommen, er würde mich mit sich nehmen, irgendwo hin weit weg von Minoor. Diese Vorstellung versetzte mich einerseits in eine aufgeregte Freude, denn ich war noch nie aus dieser Stadt hinausgekommen und es würde sicherlich interessant sein, andere Städte zu bereisen. Andererseits wollte ich das Siechenhaus nicht verlassen. Sie war mein Lebensinhalt geworden, mein alltäglicher Begleiter – etwas, an das ich mich halten konnte. Das Siechenhaus konnte mich nicht verlassen, deshalb hing ich umso mehr an ihr. Aber Großvater würde mich holen kommen, er würde mich mit sich nehmen, irgendwo hin weit weg von Minoor. Und dort würde es vielleicht auch Siechenhäuser geben, in denen ich arbeiten konnte. Es würde dort dieselben Pflanzen und Kräuter geben und jemanden wie Robert, der mir bei meiner Arbeit half. Wegen Robert würde ich nicht hier bleiben, er war nur ein weiterer Mensch, den ich verlieren konnte, also hatte ich den nötigen Abstand von Anfang an gewahrt. Großvater würde mich holen kommen, er würde mich mit sich nehmen, irgendwo hin weit weg von Minoor. Und wenn ich nach Jahren vielleicht zurückkehrte...
Wer wusste schon, wie Lucaniel mir dann gegenübertreten würde.

Harting erwartete ihn bereits vor den Ställen, nachdem Lucaniel sein Pferd versorgt hatte. Wahrscheinlich hatte er ihn durch das Dorf reiten sehen und war ihm daraufhin gefolgt.
Langsam schloss er die Tore. Seine Glieder schmerzten von dem langen Ritt – er hatte nur die Rast an der Weiherlichtung eingelegt, nach einem Tag und einer Nacht des Reitens. Alles, was er im Augenblick wollte, war zu ruhen.
„Ihr seid unerwartet früh zurück, Lucaniel Königssohn. Ich hatte Euch erst morgen in der Frühe erwartet", sagte Harting und trat erwartungsvoll an ihn heran.

„Wie ich vor meiner Abreise bereits erwähnte, gibt es nichts in
Minoor, das mich dort hält. Ich habe einen Brief für Euch."
Eilig holte Lucaniel das versiegelte Papier hervor, um es Harting zu
überreichen, der das Siegel sogleich zerbrach, um das Geschriebene
zu überfliegen.
„Kommt Ihr auf dem Weg zu Eurem Lager am Haus des Bruders des
Meisters vorbei, Lucaniel?"
Seufzend nickte er.
„Ich werde ihn zu Euch schicken. Doch es wird ihm wohl keineswegs
gefallen, dass seine Bitte abgelehnt wurde!"

Manchmal sind Schmerzen der einzige Weg, zu fühlen.
Wenn die Welt derartig gleichgültig ist, dass selbst Tränen noch zu
glücklich erscheinen, um sie zu vergießen, braucht man etwas, das
beweist, dass man am Leben ist. Dann zerbricht man sich selbst, um
wieder auf die Beine zu kommen. Ich kannte dieses Gefühl, ich
kannte es nur zu gut.
Ich war ein Ketzerkind. Mein Leben hatte stets daraus bestanden,
mich zu verstecken, damit ich nicht sterben musste. Freunde hatte
ich nie gehabt, weder als Kind, noch jetzt – jeder Mensch, dem ich
mich anvertraute, konnte eine Gefahr für mich sein. Während früher
diese Gefahr darin bestanden hatte, dass ich hätte entdeckt werden
können, war es nun mein Verstand, der zusätzlich noch zu verlieren
war. Wie sollte ich mit jemandem Freundschaft schließen, wenn ich
dadurch ein weiteres Mal verlassen werden könnte?
Die Menschen um mich herum merkten, dass ich ihnen nicht
vertraute, weshalb sollten sie mich dann nicht auf dieselbe Weise
behandeln wie ich sie – gleichgültig? Sicherlich war Robert hierbei
eine Ausnahme, doch auch er würde nicht ewig zu mir halten. Ich war
dazu bestimmt, allein zu sein, denn ich war ein Ketzerkind und hatte
es überlebt.
Schmerzen konnten heilen. Abends im Bett rief ich alte Erinnerungen
hervor – ich umarmte die Stille der Nacht, die ich seit jeher fürchtete.
Ich zerstörte mich, jeden Tag von neuem, nur, um zu wissen, dass
ich noch fühlen konnte, dass ich noch nicht den Verstand verloren
hatte – dass ich nicht leer war.
Jedes Verhalten anderen Menschen gegenüber hatte seinen festen
Preis, so wie die Gleichgültigkeit, und ich war gewillt, diesen zu
bezahlen, solange ich mich nicht öffnen musste.

„Du musst da etwas falsch verstanden haben, letztes Mal", meinte
Maana. „Das mit unserer Mama. Du weißt was ich meine, nicht
wahr?"
„Ja", sagte er, dabei wusste er keineswegs, was sie meinte oder was
er missverstanden haben konnte.
„Lucaniel?", fragte sie leise. „Weißt du noch, warum du mich hier
triffst?"
Kopfschüttelnd beobachtete er sie dabei, wie sie kleine Blümchen
pflückte, um sie sich in die Haare zu stecken. Unwillkürlich musste er
lächeln, so unbeschwert war das kleine Mädchen.
„Ich weiß nicht einmal, weshalb ich dich treffe."
Sie wiegte den Kopf hin und her – ein nachdenkliches Kind und
trotzdem viel zu weise für ihr Alter. Mit unsicheren Schritten tapste die
Traummaana näher an das Ufer des Weihers heran, bis ihre Füßchen
das Wasser plätschern ließen.
„Mama vermisst dich, Lucaniel. Sie sagt, du hast mir das Leben
gerettet."

Schweißgebadet
schreckte er hoch. Was hatte das nun wieder zu bedeuten? Nun
sollte er ihr auch noch das Leben gerettet haben? Wann sollte das
geschehen sein, wo er sie doch nie zuvor getroffen hatte?
Manchmal, das zumindest glaubte er, heckte diese Welt einen bösen
Streich aus, um ihm sein Leben zu verschleiern. Was, wenn das alles
nur eine große Lüge war, wenn Maana und er gar keine Geschwister
waren?
Nein, dieser Gedanke war falsch. Die Wissenden wussten es, also
war es wahr, oder etwa nicht? Was wussten die Wissenden
überhaupt, dass sie sich so nennen durften? Reichte das Wissen
über die Heilkunde für diesen Namen aus, oder war da noch etwas
Anderes?
Verärgert darüber, dass er bereits am Morgen über derartige Fragen
nachdenken musste, schwang er sich aus dem Bett. Er war noch
vollständig angekleidet – nach der Rückkehr am gestrigen Tag war er
sogleich schlafen gegangen, viel zu müde, um davor seine Kleider
abzulegen.
Mit schmerzenden Beinen trat er aus der Hütte. Der lange Ritt hatte
sie verkrampfen lassen und es würde sicherlich einige Tage

andauern, bis seine Muskeln sich wieder vollends entspannt hatten.
Dafür schien sein Fuß nicht ernsthaft verletzt zu sein.
Lucaniel wandte sich den Ställen zu. Wenn der Tag bereits damit
begann, dass er sich bei dem Wunsch ertappte, die Wissenden
wären im Unrecht, würde er nicht gut für ihn enden können, wenn er
nicht auf andere Gedanken kam. Und diese anderen Gedanken
würde er bei der Stallarbeit finden.

Der Junge stand zwischen den Betten des Siechenhauses und sah
zu mir herüber. Er schien aus dem Adel zu stammen, seine edlen
Kleider verrieten ihn, doch er sah nicht mit Abscheu um sich.
Vielmehr schien er sich für all die Heiler und die Verletzten zu
interessieren, auch wenn er sich nicht näher heranzuwagen schien.
Ich versuchte mich an einem freundlichen Lächeln, was mir jedoch
grundlegend misslang und ich ihm stattdessen nur ermutigend
zuwinken konnte.
„Kann ich dir behilflich sein, junger Herr?", fragte ich höflich. „Suchst
du jemanden? Ich könnte dich zu ihm führen, wenn du es möchtest."
Zögernd warf er einen Blick den Gang entlang als könne er sich nicht
dazu überwinden weiterzugehen. Wahrscheinlich war er hier, um
jemanden zu besuchen, der zu den schwerer Verletzten oder sehr
Kranken gehörte und hatte Furcht davor, wie derjenige nun aussehen
mochte – vielleicht von Pocken übersät, oder ohne Finger an der
einen Hand. So etwas kam vor, auch im Adel.
„Ich danke Euch, mein Fräulein", sagte er dann und klang dabei viel
zu erwachsen, denn er war sicherlich einige Jahre jünger als ich und
kaum aus dem Kindesalter heraus. „Doch ich bin nicht gekommen,
um jemandem Beistand zu leisten."
Ich nickte und wandte mich dem Regal mit meinen Heilsalben zu, um
eine für ein Verbrennungsopfer zu holen. Der junge Adlige
beobachtete mich dabei, obwohl ich gedacht hatte, er würde sich
vielleicht für denjenigen schämen, der hier im Siechenhaus lag und
würde zu ihm gehen, sobald ich ihn nicht mehr beachtete.
„Wie ist Euer Name, mein Fräulein?"
Verwundert drehte ich mich wieder zu ihm um und er sah mich
unschuldig lächelnd an. Weshalb sollte ich ihm meinen Namen
nennen? Der Meister hatte mir gesagt, es wäre gefährlich, wenn
jemand erführe, wer ich wirklich war. Würde dieser junge Adlige
schuld daran tragen können, dass jemand, der von mir nicht wissen

durfte, von mir erfuhr? Aber, weshalb sollte er schon einen Grund
haben, von mir zu sprechen, mit wem auch immer...
„Ich bin Mina, eine Heilerin des Siechenhauses", stellte ich mich
schließlich vor. „Und du? Wie heißt du?"
„Nennt mich Florestiel, Fräulein Mina. Das soll ausreichen", meinte er
und lächelte noch ein wenig breiter als würde das Gespräch ihn
amüsieren.
„Doch nun entschuldigt mich. Mein Herr Vater erwartet mich bei
Eurem Meister. Auf ein baldiges Wiedersehen, Fräulein Mina!"
Ich sah ihm nach, bis er das Siechenhaus verlassen hatte, dann
wandte ich mich kopfschüttelnd ab, um endlich das
Verbrennungsopfer zu versorgen.

13

Er begegnete dem alten Mann, Maanas Großvater, nachdem er einen Ausritt mit seinem Pferd gemacht und es danach ausführlich gebürstet hatte. Er stand nahe von Lucaniels Hütte auf dem Weg, ganz als hätte er auf ihn gewartet. Verwundert schritt er auf ihn zu. Mochte er vielleicht nur durch einen Zufall dort stehen? Der alte Mann konnte sich schließlich auch auf einem Gang durch das Dorf befinden und gerade nur eine kleine Rast eingelegt haben, um im nächsten Moment weiter zu gehen.

„Darf ich Euch hineinbitten, Herr?", fragte Lucaniel höflich, doch der alte Mann schüttelte langsam dem Kopf.

„Ich möchte Euch lediglich meinen Dank ausrichten, Lucaniel."

„Womit sollte ich Euren Dank verdient haben, Herr? Ich habe bisher nichts getan, für das Ihr mir danken solltet!", entgegnete er erstaunt.

Der alte Mann streckte seltsam zögernd eine Hand nach ihm aus, um sie schließlich auf seine Schulter zu legen. Beinahe wie ein Vater, den er nie gehabt hatte – wie ein Vater, der seinen Sohn ansah, der seinen Sohn akzeptierte, wie ein Vater, der stolz auf ihn war. Auf diese Weise hatte der König von Minoor ihn nie berührt.

„Ihr seid gegen Euren Willen für meine Nachricht in die Stadt geritten und auch wenn diese Nachricht dort nicht auf höfliche Erwiderung stieß, so bin ich Euch dafür durchaus dankbar!", meinte er und trat wieder einen Schritt von ihm fort. „Zudem bin ich erfreut, Euch nun kennenlernen zu dürfen."

„Darf ich Euch etwas fragen, das unverschämt klingen mag, Herr?", stieß Lucaniel hervor. „Seid Ihr mein Großvater, wenn Ihr auch Maanas seid?"

Ein Lächeln breitete sich auf dem Gesicht des alten Mannes aus, als er sich abwandte und, anstatt ihm eine Antwort zu geben, seinen Gang durch das Dorf fortsetzte. Hastig schloss er mit ihm auf.

„Herr?"

„Eure Frage ist keineswegs unverschämt. Sie erfragt Dinge, die wahrhaftig so sind", sagte er. „Ihr habt sehr wohl Recht damit, dass ich Euer Großvater bin."

„Aber weshalb lebt Ihr nicht im Palast?"

„Weil es mir genauso wenig gestattet ist, wie meinem jüngeren Bruder, dem Meister der Wissenden!", antwortete er und klang belustigt dabei. „Doch nun solltet Ihr in Eure Hütte zurückkehren, Lucaniel.“

„Herr? Wer sind die Wissenden eigentlich?“

Abrupt blieb der alte Mann, Maanas Großvater – sein Großvater – stehen, um ihn kritisch anzusehen, sodass er sogleich bereute, die Frage gestellt zu haben.

„Ein anderes Mal, Lucaniel! Nun geh!“

„Mina, es ist eine Komplikation aufgetreten!“

„Eine Komplikation?“, entwich es mir erschrocken. „Geht es um Großvater? Er wird mich holen kommen, Meister. Er hat es mir versprochen!“

Lächelnd schüttelte der Meister den Kopf, bevor er ein Stück dicken und offensichtlich teuren Pergaments auseinanderfaltete, kurz betrachtete und dann anscheinend bekümmert seufzend auf den Tisch vor sich legte.

„Dein Großvater wird dich holen kommen, wenn er bereit dazu ist. Deshalb solltest du dich keinesfalls sorgen“, versicherte er. „Mina, bist du jemals dem Sohn des Königs dieser Stadt begegnet?“

„Dem Prinzen? Nein, Meister. Auf welche Weise sollte ich ihm begegnet sein? Ich war noch nie an einem Ort, an dem ich jemandem aus der Königsfamilie hätte begegnen können.“

„Wie kann es dann geschehen, dass er verlangt, von dir die Heilkunde gelehrt zu bekommen?“, fragte er und mein Blick wanderte langsam zu dem Pergament vor ihm hinab, auf dem sich die Schrift eines durchaus erwachsen und gebildet erscheinenden Mannes abhob.

Ich kannte den Prinzen von Minoor nicht – ich kannte Minoor nicht einmal. Alles, was dort draußen in der Stadt war, das kannte ich nicht. Ich wusste vieles über Kräuter und Blumen, über Wunden und wie ich sie heilen konnte, doch die Königsfamilie hatte ich nicht einmal aus der Ferne auf ihrem Balkon gesehen. Ich war eine Fremde in Minoor, obwohl ich hier aufgewachsen war.

„Es muss eine Verwechslung vorliegen, Meister. Ich kenne ihn nicht. Er wird jemand anderen gemeint haben“, sagte ich, doch das viel zu ernste Gesicht des Meisters bestätigte mir den bösen Verdacht, dass diese Verwechslung nicht vorliegen konnte. Wie denn auch, wenn ich die einzig weibliche Wissende war?

„Ich befürchte, es könnte sich um eine Falle handeln, wenn die Königin von dir erfahren und Verdacht geschöpft hat, wessen Tochter du bist."
„Aber, was wollt Ihr dagegen tun, Meister?", fragte ich ängstlich und er deutete auf das Pergament hinab.
„Ich werde ihm seine Bitte abschlagen müssen!"

Die Weiherlichtung lag da wie immer, nur die kleine Traummaana fehlte. Sie war einfach nicht hier, verschwunden, als wäre sie nie da gewesen – als hätte sie nie mit ihm gesprochen. Und so sehr er sich anfangs nach seiner Flucht aus Minoor auch gegen sie gesträubt haben mochte, fühlte es sich nun falsch an, in einem Traum zu sein, in dem sie nicht war.
Lucaniel sah sich um. Über dem Wasser des Weihers schwirrten Insekten in einer wirren Wolke umher, ein sanfter Wind strich durch die Bäume des Waldes. Da lag kein Gesang in der Luft, keine kindlich schöne Stimme und so vollkommen diese Lichtung auch erscheinen mochte, sie war es nicht. Dieser Traum glich viel mehr der Realität – seiner einsamen Realität...
„Maana?", rief er. „Maana, wo bist du?"
Es kam keine Antwort aus dem Wald.
„Maana!"
Sie würde nicht kommen, dessen war er sich mit einem Mal sicher. Doch wenn sie nicht kam, würde er keine Antworten mehr bekommen und ohne die Antworten wollte er nicht erwachen – nicht mehr.

14

Florestiel stand zwischen den Betten des Siechenhauses, wie er bereits das letzte Mal dort gestanden hatte – wie in einer separaten Welt. Keiner der anderen Heiler schien sich ihm nähern zu wollen und er schien es nicht zu wagen, einen von ihnen anzusprechen.

Ich behandelte meine Patienten weiter und als ich damit fertig war und Florestiel noch immer dort stand, ging ich zu ihm hinüber, um ihn nach seinem Anliegen zu fragen.

„Euer Meister schickt nach Euch, Fräulein Mina", sagte er, noch bevor ich ihn hatte begrüßen können. „Ich sollte Euch holen kommen."

„Weshalb sagst du mir das erst jetzt? Er wird sich bereits fragen, wo ich bleibe!", entwich es mir erschrocken. „Der Meister wartet nicht gerne. Er wird ungehalten sein!"

Seltsamer Weise brachte ihn meine Furcht nur dazu, mir ein munteres Lächeln zu schenken und den Kopf zu schütteln, als würde ich mich gerade dümmlich anstellen.

„Das wird er nicht wagen, während sich mein Herr Vater bei ihm befindet. Aber wenn Ihr es eilig habt, dann sollten wir uns zu ihm begeben", meinte er. „Ihr habt nur derartig hingebungsvoll gearbeitet, dass es mir Vergnügen bereitete, Euch dabei zuzusehen."

Zusammen verließen wir das Siechenhaus, um durch die Gänge zu eilen. Die Kammer des Meisters lag nicht weit entfernt und ich hoffte, dass ich nicht allzu außer Atem sein würde, bis ich bei ihm war, denn ich lief beinahe.

„Verzeiht, Meister! Es war ungehörig von mir, Euch warten zu lassen!", rief ich aus, kaum hatte ich die Tür aufgestoßen und war hineingestolpert. „Verzeiht vielmals!"

Der Meister stand hinter seinem Tisch, einem fremden Mann gegenüber, dessen prunkvolle Kleider auf einen hohen Stand im Adel schließen ließen. War das also der Vater von Florestiel?

„Es sei dir vergeben", sagte er und ich machte einen artigen Knicks der Begrüßung in die Richtung des fremden Mannes. „Dies, Eure Majestät, ist meine Tochter Mina. die beste Heilerin meines Siechenhauses."

Vor Schreck bemerkte ich die dreiste Lüge des Meisters kaum.

Dieser Mann war seine Majestät von Minoor! Er war der König – das hieß, Florestiel war der Prinz!

Hastig machte ich noch einen Knicks, um meine Unsicherheit zu überspielen.

„Guten Abend, Eure Majestät!", brachte ich hervor und sah zu Boden. Es war mir sicherlich nicht gestattet, den König direkt anzusehen, das wäre unhöflich von mir, die ich aus einem viel zu niederen Stand stammte.

„Eure Tochter ist faszinierend hübsch und anscheinend zudem talentiert, Heilermeister!", sprach der König und während ich weiterhin zu Boden sah und ein weiteres Mal knickste, schoss mir das Blut ins Gesicht. Es war das erste Mal, dass jemand mich als hübsch und talentiert bezeichnet hatte – und es war der König gewesen, der es gesagt hatte!

„Nun, ich sehe keinen Grund, weshalb sie meinen Sohn nicht lehren sollte, sollte sie selbst keinen sehen."

„Es wäre mir eine Ehre!", stotterte ich. „Ich würde sogleich damit beginnen, Eure Majestät!"

„Dann tut das, Mina Heilerstochter."

Die Weiherlichtung war verlassen, als er sich um Gras aufrichtete. Er war nicht aufgewacht, nachdem er hier eingeschlafen war – genauso wie er befürchtet hatte.

Lucaniel stand auf, um an das Ufer des Weihers heranzugehen und sich dort wieder niederzulassen und die Füße in das kalte Wasser zu tauchen, sodass es ihn fröstelte.

Wie lange mochte er in der Realität bereits schlafen, wie viel Zeit war dort vergangen? Hatte man bereits bemerkt, dass er nicht erwachte und etwas nicht mit ihm stimmen konnte? Oder war es dort noch Nacht?

„Du hast mich gerufen, Lucaniel. Das macht mich glücklich!"

Die kleine Traummaana stand derartig plötzlich neben ihm, dass er zusammenzuckte und beinahe vornüber in den Weiher gefallen wäre, doch sie schien sich nicht beirren zu lassen. „Vermisst du mich manchmal, Lucaniel?"

„Ja, manchmal", sagte er mit vor Schreck rasendem Herzen. „Wenn ich wach bin."

„Nein", widersprach sie sogleich. „Vermisst du mich, wie ich in Wirklichkeit inzwischen bin?"

„Habt Ihr Geschwister, Fräulein Mina?"

Florestiel sah mich über die Schrift hinweg an, die ich ihm für die
erste Lehrstunde gegeben hatte, die Unschuld eines neugierigen
Kindes im Gesicht, die viel besser zu ihm passte als seine gestelzte
Art zu reden.
„Nein", sagte ich. „Und Ihr?"
„Ich hatte einen älteren Bruder, doch er verstarb bald nach meiner
Geburt. Ich weiß nicht viel von ihm", antwortete er. „Mutter spricht
nicht gerne von ihm."
„Wie hieß er?", wollte ich wissen, denn es schien ihm nichts
auszumachen, darüber zu sprechen und ich wollte nicht, dass das
Gespräch auf mich zurückkam.
„Lucaniel. Das zumindest steht auf seinem Grab."
„Lucaniel?", entwich es mir entsetzt, was er jedoch als Verwunderung
aufzufassen schien, denn er lächelte.
„Wir haben beide derartig seltsame Namen bekommen!", meinte er.
„Niemand sonst trägt Namen wie Lucaniel oder Florestiel, dabei hätte
ich am liebsten einen normalen wie Ihr, Fräulein Mina."
„Habt Ihr auch eine Schwester?", fragte ich beinahe hastig, denn er
hatte Recht – welcher normale Bürger sollte den Einfall bekommen,
seinen Sohn Lucaniel zu nennen?
„Eine Schwester?", wiederholte er überrascht. „Nein, weshalb fragt
Ihr?"
„Verzeiht, mein Prinz. Ich tat es aus reiner Neugierde."
„Ihr braucht Euch nicht zu entschuldigen!", meinte er großmütig und
wieder lächelte er, fast als wolle er mich dazu bringen, es zu
erwidern. Doch dazu war ich nicht fähig. Zu lächeln bedeutete, sich
jemandem zu nähern, sich auf jemanden einzulassen, und das
konnte ich nicht.
„Mein Herr Vater hat die Wahrheit gesagt, Fräulein Mina", sagte er
plötzlich enttäuscht. „Ihr seid schön und intelligent. Allerdings hat er
nicht erkannt, wie tot Eure Miene ist."

Ich blätterte in meinem Buch umher, um Kräuter mit bestimmten
Wirkungen heraus zu schreiben, die ich für meine nächste Heilsalbe
brauchen würde. Die Holzkohle kratzte leise über das Stück alten
Papiers, das ich später dem Meister geben würde, damit er die
benötigten Kräuter besorgen lassen konnte.
„Ihr seid wieder einmal mit Eurer Arbeit beschäftigt, obwohl ich noch
gar nicht hier war, Mina!"

Ich hatte Robert hereinkommen hören und ihn trotzdem nicht beachtet, auch wenn ich ihn herbestellt hatte. Aber ich hatte festgestellt, dass er sich durch höfliche Worte nur umso mehr darum bemühte, mir näher zu kommen und genau das wollte ich nicht.
„Meint Ihr nicht, dass auch Ihr von Zeit zu Zeit eine Erholung braucht?", fragte er ein wenig besorgt und zog mir das Papier aus der Hand, damit er es lesen konnte.
„Ich brauche meine Arbeit", antwortete ich nur. „Könntest du damit einhalten, mich solche Dinge zu fragen? Sie gehen dich nichts an."
Mit hochgezogenen Augenbrauen reichte er mir das Papier zurück.
„Eine neue Salbe?"
Ich nickte knapp und blätterte im Buch umher, bis ich die Einträge gefunden hatte, bei denen er mir helfen sollte. Eine Zeit lang beobachtete ich Robert dabei, wie er meine Aufzeichnungen las, um schließlich kleine Ergänzungen darunter zu schreiben. Wie kam es, dass er noch nicht aufgegeben hatte? Alle anderen Wissenden respektierten mich zwar als einzig weibliche Wissende unter ihnen, doch sie hatten längst begriffen, dass ich mich ihnen niemals öffnen würde. Robert war der einzige, der noch versuchte, mich dazu zu bringen, dabei musste auch er wissen, dass er das nicht schaffen würde.
„Das war alles, dass ich dazu beitragen konnte, Mina", meinte er plötzlich und legte die Holzkohle beiseite. „Ihr wirkt abwesend. Denkt Ihr an Lucaniel?"
„Nein", antwortete ich barsch, doch dann kam mir ein Gedanke. Robert stand dem Meister nahe, er wusste vielleicht mehr über die Geschehnisse in Minoor als sonst ein Wissender. Weshalb sollte ich das nicht nutzen?
„Weißt du, wer Lucaniel ist?", fragte ich und er schien irritiert zu sein.
„Euer Bruder."
„Nein!", verbesserte ich mich selbst. „Ist er ein Königssohn?"

15

Der Mann kam aus dem Haus, in dem der alte Mann, sein Großvater, seit seiner Ankunft im Außenlager wohnte, warf einen absichernden Blick zu beiden Seiten den Weg hinunter und verschwand dann hastig im nahen Wald. Verwundert sah Lucaniel ihm nach. Dieser Mann war ein Fremder gewesen, mit einer Kapuze verhüllt. Außerdem war es noch sehr früh am Morgen, weshalb sollte der alte Mann um diese Zeit des Tages bereits Boten oder Gäste empfangen. Nein, da konnte etwas nicht stimmen.

Entschlossen ging er auf das Haus zu und klopfte an die Tür und als ihm daraufhin niemand öffnete, drückte er prüfend dagegen. Sie war nicht verriegelt.

„Herr, Großvater?", rief er vorsichtig in den Wohnraum hinein, denn er wollte den alten Mann keinesfalls erschrecken, sollte er bereits wach sein. Doch es antwortete ihm niemand, was ihm nur umso seltsamer erschien. Lucaniel war sich sicher, dass dieses das Haus war, in dem sein Großvater wohnte und um diese frühe Stunde konnte er noch nicht hinausgegangen sein – es sei denn, er war genauso plötzlich durch eine erschreckende Frage eines Traumkindes geweckt worden. Allerdings wäre er ihm dann sicherlich auf der verlassenen Straße des Dorfes begegnet.

Er schob sich vorwärts, vorsichtig durch die Tür und in den Wohnraum hinein.

„Herr?", fragte er noch einmal und nun antwortete ihm eine schwache Stimme aus einem Nebenraum, auf den er sogleich zuging. Es war die Schlafkammer und in einem Bett an der Wand, direkt unter dem geöffneten Fenster, lag der alte Mann und schien gerade erst erwacht zu sein.

„Entschuldigt, Herr!", sagte Lucaniel schnell. „Ich sah einen Fremden aus Eurem Haus kommen, da machte ich mir Sorgen um Euch. Aber da Euch nicht zugestoßen zu sein scheint, kann ich Euch ja weiterhin ungestört ruhen lassen. Verzeiht mein unerlaubtes Eindringen. Ich werde mich sogleich wieder entfernen!"

„Nein!", hauchte er. „Komm her, Junge! Es ist gut, dass du da bist!" Erst in diesem Moment erblickte Lucaniel das Blut.

„Geht Ihr in die Kirche, Fräulein Mina?"

„Weshalb fragt Ihr das, mein Prinz?“, wollte ich verwundert wissen, denn danach war ich nie zuvor gefragt worden. Aber bis zu diesem Augenblick hatte ich lediglich Umgang mit Wissenden gehabt.
„Meine Mutter sagte einmal, alle Heiler seien Ketzer.“
Mir wurde kalt vor Wut. Diese Behauptung hatte meiner Mutter das Leben gekostet!
„Wir sind keine Ketzer! Ohne uns würde Minoor in Seuchen ersticken!“, zischte ich, besann mich dann jedoch eines sanfteren Tones. Immerhin sprach ich gerade mit dem mächtigsten Kind dieser Stadt.
„Es ist nicht einfach für mich, in die Kirche zu gehen.“
Florestiel sah mich nur an. Er fragte nicht, er sah mich nur an, und doch sprach ich weiter als hätte ich das drängende Bedürfnis, mich vor ihm zu rechtfertigen. Man mochte mich als Ketzerkind bezeichnen, doch meine Mutter war keine Ketzerin gewesen.
„Ich gehe nur selten aus diesen Gewölben heraus. Sie sind mein Heim, ich lebe und arbeite hier.“
„Ihr glaubt nicht an Gott?“, fragte er, doch ich schüttelte den Kopf.
„Gott und die Kirche sind zwei verschiedene Dinge, mein Prinz“, antwortete ich. „Ich brauche nicht in die Kirche zu gehen, um an Gott zu glauben.“
Erleichtert lächelte Florestiel, denn er schien sich wahrhaftig Sorgen deshalb gemacht zu haben. Ich wusste nicht, ob der Meister mich hinausgelassen hätte, um in die Kirche zu gehen, doch ich war mir sicher, dass ich einen Weg dorthin gefunden hätte, wenn ich gewollt hätte. Aber ich wollte gar nicht in die Kirche – sie hatte meine Mutter umgebracht, aber das konnte ich Florestiel nicht sagen. Ich war ein Ketzerkind, auch für ihn.
„Würdet Ihr mit mir in die Kirche gehen, wenn ich Euch darum bäte, Fräulein Mina? Meine Eltern besuchen nur die Kapelle des Palastes, da wird es mir in den großen Kirchen der Stadt schnell langweilig“, sagte er. „Würdet Ihr nur ein einziges Mal mit mir kommen?“
„Euren Wunsch kann ich Euch nicht abschlagen, mein Prinz“, versicherte ich und wusste zur gleichen Zeit, wie gefährlich leichtsinnig dieses Versprechen war.

Der alte Mann, sein Großvater, packte ihn am Arm, um ihn näher zu sich hinunter zu ziehen. Sein Atem ging rasselnd schwer, Schweiß perlte von der sorgenzerfurchten Stirn, überall auf den Lacken und Decken war Blut.

„Hör mir zu, mein Junge!", begann er stockend und Lucaniel biss die Zähne haltsuchend aufeinander, denn der Griff des alten Mannes tat weh, erstaunlich fest wie er für einen Sterbenden war. „Der Königin Minoors wurde vor sechzehn Jahren eine Tochter geboren. Da sie jedoch einen Thronfolger hätte gebären sollen, verheimlichte sie dem Volk das Geschlecht des Kindes und nahm einer ihrer vertrautesten Zofen den Sohn, den sie unter der Obhut der Königin beinahe ein Jahr zuvor vaterlos geboren hatte."

Ein heftiges Röcheln unterbrach seinen Redeschwall und er klammerte sich noch fester an Lucaniel – als sei er sein Leben, das ihm entgleiten wollte. Die Stimme des alten Mannes war schwächer geworden, doch seine Geschichte hatte Interesse in Lucaniel geweckt, sodass er sich noch tiefer zu ihm hinabbeugte, um ihn besser zu verstehen.

„Da der Sohn der Zofe im Geheimen geboren wurde und unehelich gezeugt worden war, konnte sie sich nicht gegen die Königin wehren. Stattdessen nahm sie das Mädchen an sich, um mit ihm zu fliehen, denn es sollte getötet und verscharrt werden, um den Betrug der Königin zu vertuschen."

„Und die Zofe?", fragte Lucaniel schnell. „Was geschah mit ihr?"

„Du scheinst ein kluger Bursche zu sein, wenn du dies fragst", wisperte sein Großvater traurig. „Die Königin ließ sie verfolgen. Jahre später wurde sie gefangen und als Ketzerin verbrannt. Sie war die letzte, die den Scheiterhaufen besteigen musste, denn die Inquisition hatte nur ihr gegolten."

Lucaniels Gedanken surrten in Verwirrung in seinem Kopf umher und doch begriff er, was der alte Mann ihm gerade erzählt hatte, so unmöglich es auch klang.

„Ihr meint, Maana ist die Tochter der Königin und ich der Sohn ihrer Zofe?"

Atemlos erwartete er die Antwort, doch der alte Mann sah ihn nur lange an – hinter seinen Augen regte sich noch ein letztes Mal etwas, bevor er seufzend ausatmete.

„Nun bist auch du ein Wissender, mein Junge", hauchte er. „Bewahre die Worte gut!"

Die Hand um seinen Arm erschlaffte.

Lucaniel stand auf, um dem alten Mann die im Sterben offen gebliebenen Augen zu schließen. Eine Träne rann ihm über die Wange, doch er wischte sie nicht fort, denn er wusste genau, was hier geschehen sein musste.
Sein Großvater hatte viel gewusst, zu viel.

Ich war gerade auf der Suche nach Robert gewesen, um ihn bei einer Heilpflanze um Rat zu fragen, als ich den Gang entlang eilte, in dem die Kammer des Meisters lag. Seine angenehme Stimme wehte durch die nur angelehnte Tür und ich wollte bereits vorbeigehen und im Speisesaal nach Robert zu sehen, als ich meinen Namen hörte – meinen wahren Namen.
Erschrocken und gleichzeitig aufgeregt blieb ich stehen. Meinen wahren Namen kannten nur wenige Menschen – Großvater, Lucaniel und der Meister – und das bedeutete, dass entweder Lucaniel oder Großvater bei dem Meister in der Kammer sein mussten.
Großvater...
Er hatte in seinem Brief versprochen, mich bald zu holen und ich war mir einen Augenblick lang sicher, dass dieses nun geschehen würde, bis ich die Stimme vernahm, die dem Meister antwortete.
„Was Ihr verlangt ist nicht leicht zu erreichen. Fräulein Maana ist keineswegs einfach zu erheitern. Es liegt an Lucaniel!"
„Versuche es auf eine andere Weise! Du musst sie an dich binden. Wir können nicht riskieren, sie zu verlieren. Sie ist wertvoll!", knurrte der Meister und ich hörte einen Stuhl über den Boden kratzen. „Und wenn du sie dazu bringen musst, sich in dich zu verlieben! Nutze alle Wege, die dir offen stehen, Robert!"
„Ja, Meister. Ich werde mich bemühen", hörte ich ihn antworten und ein zweiter Stuhl kratzte über den Boden. Die Unterredung würde jeden Moment zu Ende sein und Robert würde die Kammer verlassen – doch noch hatte ich etwas Zeit, bis sich die Tür öffnen würde, noch hatte ich etwas Zeit, um den Gang bis zur nächsten Ecke zurückzueilen, noch hatte ich etwas Zeit, um unentdeckt zu bleiben.
Ich machte einen leisen Schritt rückwärts, dann noch einen und noch einen. In der Kammer wurden die Stühle an den Tisch heran geschoben, Schritte zweier Fußpaare. Ich drehte mich um und vernahm gerade noch die letzten Worte des Meisters, bevor ich davonrannte.

„Und wegen meines Bruders brauchst du dir keine Gedanken zu machen. Ich habe dafür gesorgt, dass er nie wiederkehren wird, um Maana zu sich zu holen."

16

Lucaniel ließ sich vom Rücken des Pferdes gleiten, das sich sogleich nach einer Pfütze hinabbeugte, um daraus zu saufen. Er ließ es stehen und lief in die Gewölbe hinein, obwohl er gar nicht wusste, wo er dort drinnen nach Maana sehen sollte. Doch er musste sie finden! Der Meister hatte sie beide belogen, was nur bedeuten konnte, dass er etwas plante, das ihnen nicht zugutekommen würde. Der Meister musste die Wahrheit wissen, denn er war der Anführer der Wissenden – er war es immer gewesen. Aber die Gewölbe waren groß, es konnte dauern, bis er Maana fand.

Wie um seine Befürchtungen zu bestätigen, befand sie sich nicht in ihrer Kammer. Leise fluchend ließ er sich auf die Knie fallen, um unter ihr Bett zu sehen. Die Kiste mit den Schriften stand noch dort, Maana musste folglich noch hier leben. Einen Augenblick erwog er, in der Kammer auf sie zu warten, doch dann entschloss er, dass das zu lange dauern konnte.

„Dann eben zum Meister!", meinte er leise zu sich selbst, während er sich aufrappelte. „Er muss ja nicht erfahren, dass ich die Wahrheit kenne!"

Lucaniel musste nicht weit laufen, bis er auf den Meister stieß. Er stand inmitten des Ganges, das Gesicht rot vor Aufregung oder Zorn und ihm gegenüber...

Erschrocken hielt er inne, bevor einer der beiden ihn gesehen haben konnte. Das war Florestiel Königssohn! In all den Jahren, nachdem er aus dem Palast geworfen worden war, hatte Lucaniel ihn Tag um Tag beobachtet, wenn er sich auf dem Balkon oder sogar außerhalb des Palastes gezeigt hatte – er hatte ihn beobachtet, den Jungen, der seinen Platz eingenommen hatte – und obwohl er gewusst hatte, dass der kleine Prinz keine Schuld an dem trug, was ihm widerfahren war, hatte er ihn gehasst. Seine Geburt hatte Lucaniels Tod sein sollen – schandhaft von Ratten gefressen, irgendwo in einer dreckigen Gasse verblutet oder erfroren. Wie sollte er diesen Jungen nicht hassen müssen?

„Ich denke, ich habe Euch missverstanden, Heilermeister!", sagte Florestiel gerade drohend. Obwohl er noch so jung war, schien er von älteren und erfahreneren Männern Respekt einzufordern und so wie es aussah, bekam er den auch.

„Ihr könnt am heutigen Tag keinen Unterricht erhalten. Fräulein Mina ist nicht anwesend!"
Instinktiv zog Lucaniel sich hinter die nächste Ecke des Ganges zurück, um zu lauschen. Hier stimmte etwas nicht und wenn er wissen wollte, was geschehen war – was mit Maana geschehen war, denn Mina war schließlich ihr falscher Name – dann musste er lauschen, auch wenn er Florestiel keinesfalls begegnen wollte.
„Fräulein Mina sagte mir, sie würde diese Gewölbe nicht verlassen. Wie kann es da sein, dass sie nicht hier ist?", rief Florestiel und der Meister rang hilfesuchend mit den Händen in der Luft. Anscheinend wusste er selbst nicht, wo Maana sich aufhielt und so sehr Lucaniel der Gedanke auch widerstrebte, Florestiel sagte die Wahrheit. Maana hatte die Gewölbe kaum verlassen und wenn der Meister nicht wusste, wohin sie gegangen war, musste etwas vorgefallen sein.
„Meister!"
Ein junger Heiler kam aus der anderen Richtungen den Gang hinunter gestürzt.
„Meister! Sie ist nicht aufzufinden, auch nicht in der Stadt!"
Lucaniel drehte sich um und eilte leise davon, bevor er entdeckt werden konnte. Er musste Maana finden, bevor der Meister es tat. Denn, wenn er sie bereits derartig lange belogen hatte, würde er es wieder tun – nur um sie zu benutzen.

Ich wusste, dass ich nicht über Lucaniel hinwegkommen würde, ich hatte es von dem Tag an gewusst, an dem er fortgegangen war. Ich würde niemals zu ihm gehören, wie sollte ich auch? Dass er an jenem Tag fortging, um mich zurückzulassen, war eindeutig genug gewesen und spätestens bei unseren einzigen Zusammentreffen danach hatte ich begriffen, dass wir nicht füreinander bestimmt sein konnten – ich hatte es begriffen und doch weiterhin gehofft, dass es anders sein könnte. Genauso wie ich gehofft hatte, ich könnte von jemandem, dem ich nicht vertraute, nicht verletzt werden. Ich hatte mich geirrt.
Das Pferd lief von selbst, denn ich konnte gar nicht richtig reiten. Auch das hatte ich nie gelernt, wie so viele andere Dinge. Es hatte vor den Gewölben gestanden, gesattelt, aber herrenlos und ich hatte mich ohne zu zögern darauf geschwungen, um es mit den Füßen in seinen Seiten anzutreiben. Ab da an hatte das Pferd übernommen, den Weg aus der Stadt und über die Felder davon – ganz als hätte es

ein festes Ziel. Und es störte mich nicht, dass es das vielleicht hatte,
es sollte bloß weit weg von Minoor liegen.

Ich band das Pferd an einen nahestehenden Baum und trat dann auf
die Lichtung hinaus. Auf der Oberfläche des Weihers spiegelten sich
die Sterne, irgendwo in der Dunkelheit des Waldes rief eine Eule. Die
Nacht war an diesem einsamen Ort derartig schön, dass mir ein
Schauer über den Rücken huschte und mich zum Erbeben zwang.
Diese Lichtung war vollkommen. Ich wusste zwar weder wo ich mich
befand, noch ob mir jemand gefolgt war, um mich zu den Wissenden
zurück zu bringen, doch hier wollte ich bleiben.
Erschöpft von dem langen Ritt – ich war beinahe zwei Tage auf der
Flucht gewesen, bevor das Pferd hier zum ersten Mal länger als nur
um zu fressen angehalten hatte – rollte ich mich am Ufer des Weihers
zusammen, während die Worte des Meisters ein weiteres Mal in
meinem Kopf unherhuschten.
„Wegen meines Bruders brauchst du dir keine Gedanken zu machen.
Ich habe dafür gesorgt, dass er nie wiederkehren wird, um Maana zu
sich zu holen."
Wäre ich nicht zu müde gewesen, um mich weiterhin darüber
aufzuregen, hätte ich sicherlich geweint, doch mein Vorrat an Tränen
schien inzwischen aufgebraucht zu sein und ich kniff nur die Lider zu,
um möglichst bald einzuschlafen.

Es dauerte ein wenig länger, die Weiherlichtung zu finden, als wenn
er mit seinem eigenen Pferd geritten wäre, doch es war fort gewesen,
als er aus den Gewölben zurückkam, weshalb er eines aus dem Stall
der Wissenden entwendet hatte. Kurz bevor er die Lichtung erreichte,
zügelte er es. Er hatte Angst davor anzukommen, obwohl er sich
sicher war, Maana dort vorzufinden – sie musste dort sein, von
Anfang an war es bestimmt gewesen, das sie sich auf dieser Lichtung
wiedertreffen würden. Weshalb hätte er sonst von ihr träumen
sollten?
Lucaniel saß ab, als er das andere Pferd bemerkte – sein eigenes!
Vor Aufregung konnte er kaum atmen. Da lag jemand am Wasser,
zusammengekauert und reglos. Hastig band er das entwendete Pferd
neben sein eigenes und zögerte dann doch, hinüber zu gehen. Was,
wenn sie es doch nicht war? Und selbst wenn sie es war, wie sollte er

ihr dann gegenüber treten? Schließlich war er doch derjenige
gewesen, der sie verstoßen hatte, nicht andersherum!
„Maana?", fragte er leise, doch die Gestalt regte sich nicht.
Anscheinend schlief sie.
Vorsichtig trat er an sie heran, um in die Knie zu gehen und ihr die
Haare aus dem Gesicht zu streichen.
„Maana!", flüsterte er erleichtert. „Endlich!"
Die kleine Traummaana hatte Recht gehabt. Er hatte sie vermisst –
so sehr vermisst.

17

Ich erwachte davon, dass jemand ganz in meiner Nähe sprach, auch wenn es nur geflüstert war. Sogleich rappelte ich mich auf, um zu sehen, wer da mit mir auf dieser Lichtung war und dann gleich danach fliehen zu können, falls es jemand sein sollte, der mich nach Minoor zurückbringen wollen könnte. Doch denjenigen, der bei den zwei Pferden am Rande der Lichtung stand, hätte ich niemals erwartet.

Lucaniel, sichtlich von meiner hektischen Bewegung überrascht, tätschelte die Pferde noch einmal sanft, bevor er auf mich zukam.

„Was willst du hier?", war das Erste, das ich hervorbrachte, und obwohl ich es derartig abstoßend ausgespuckt hatte, dass es selbst mir schmerzte, brachte er ein zaghaftes Lächeln hervor.

„Dich holen kommen", antwortete er und blieb doch einige Schritte von mir entfernt stehen, als befürchtete er, ich würde davonlaufen, wenn er noch näher käme.

„Ich gehe nicht zu den Wissenden zurück, Lucaniel! Das kannst du denen von mir ausrichten!"

„Das habe ich nicht anders erwartet", meinte er nur und sein Lächeln wurde breiter.

Ich musste mich abwenden, denn das hier war eindeutig mehr, als ich zulassen konnte, ohne neue Hoffnungen zu schöpfen.

„Ich bin wiederum auch nicht gekommen, um dich zurück zu bringen, sondern, um mit dir zu sprechen."

„Wie hast du mich gefunden?", überging ich seine Worte schnell.

„Du hast mein Pferd genommen. Es läuft stets hierher."

Ich sah kurz zu den Pferden am Rande der Lichtung hinüber, dann seufzte ich und blickte Lucaniel wieder an. Es hatte keinen Sinn, sich gegen ihn zu wehren – ich konnte es letztendlich doch nicht tun und wenn er aus freiem Willen mit mir sprechen wollte, sollte ich diese Gelegenheit nicht ungenutzt lassen, wenn ich es danach nur ein weiteres Mal bereuen würde.

„Nun?", begann ich. „Was willst du?"

Lucaniel hatte gewusst, dass er Maana mit seinen Worten verletzt hatte, doch, dass sie derartig daran zugrunde gegangen war, konnte er sich nicht vorstellen.

„Weshalb bist du aus Minoor geflohen, Maana?“, fragte er deshalb vorsichtig. „Hat der Meister dir etwas angetan?“
Ihre Miene schien unter einer unangenehmen Erinnerung zusammenzuzucken und wieder wandte sie das Gesicht von ihm ab, ganz als könnte sie seinen Anblick nicht ertragen.
„Er wollte mich für seine Zwecke benutzen. Er hätte mich niemals gehen lassen.“
Ihre Worte zitterten beinahe genauso stark wie ihre Hände und sie setzte sich abrupt auf den Boden als hätte sie Angst, ihre Beine würden sie nicht mehr lange tragen wollen.
Lucaniel, von Schuldgefühlen gepeinigt, ließ sich neben ihr nieder, um zögernd einen Arm um sie zu legen und obwohl sie ihn nicht abschüttelte, konnte er ihr Unbehagen dabei spüren. Sie hatte eine Mauer um sich erbaut, eine unsichtbare Festung des Misstrauens, und er war wohl die Ursache dafür. Mit seinen abweisenden Worten hatte er sie derartig verstört, dass ihre Seele keinen Halt mehr fand. Und sie hatte die Wahrheit gesagt, von Anfang an hatte sie nichts als die Wahrheit gesagt.
„Dabei hatte Großvater mich holen wollen“, sagte sie leise. „Lucaniel, wusstest du, dass er und der Meister Brüder sind?“
Er schluckte. Das Bild der blutigen Laken und Decken im Bett des alten Mannes drängte sich in seine Erinnerungen und mit ihm die Wut, dass er dem fremden, vermummten Mann nicht hatte folgen können.
„Großvater ist –“
„Sprich nicht davon!“, unterbrach sie ihn sogleich mit düsterer Stimme. „Es war der Meister, der ihn umbringen ließ!“
„Der Meister!“, entwich es ihm entsetzt und doch passte dieser Umstand durchaus zu allen anderen Geschehnissen. „Weshalb?“
Maana antwortete nicht, sondern sah auf den Weiher hinaus. Nach einer Weile drehte sie sich jedoch zu ihm um und ihre Augen huschten forschend über sein Gesicht, als würde sie nach etwas suchen, das dort nicht zu finden war.
„Lucaniel?“, fragte sie schließlich. „Bist du ein Kind des Königs?“

„Du willst mir sagen, dass unsere Mütter uns ausgetauscht haben und nicht ich du, sondern ich ein Kind des Königs bin, und dass der Meister all das gewusst hat?“, entwich es mir schwächlich und ich schüttelte den Kopf. „Weshalb hat Großvater es dir gesagt und nicht mir?"

„Er hat nie vorgehabt, es mir zu eröffnen, bis...", begann Lucaniel und brauchte nicht weiter zu sprechen, damit ich ihn verstand. „Der Meister wollte uns beide benutzen, er hat es von Anfang an gewusst."
Ich nickte und warf einen Blick auf unser Abbild, das sich im Wasser spiegelte. Es sah schön aus wie er mich trösten wollte – einen haltenden Arm um meine Schultern gelegt, der besorgte Blick auf seinem Gesicht – es sah schöner aus als in einem Traum, den ich nicht zu träumen gewagt hätte.
„Wenn du es mir auf diese Weise erklärst, mit dem Tausch, heißt das dann, dass wir gar keine Geschwister sind?"
Ich wagte einen Blick von unserem Abbild auf dem Wasser fort zu ihm hinüber, wo ich ein erfreutes Lächeln fand. Lucaniel schien auf diese Frage gewartet zu haben, eine ganze Weile bereits.
„Nein, auch das war eine Lüge des Meisters!", sagte er sanft. „Er wollte uns wohl auseinander halten, um uns, wenn es notwendig wäre, gegeneinander zu benutzen. Deshalb bin ich nach Großvaters Tod gleich nach Minoor geritten, um dich dort herauszuholen!"
Eine weiche Wärme schlich sich in seine Stimme, in seine Worte, floss über seine Lippen durch die Luft hinweg in meine Ohren hinein, sodass ich schauderte. Ich sah es ihm an, dass auch er nicht vergessen hatte – dass er seine Gefühle nicht mehr leugnen konnte, nicht mehr leugnen wollte. Wieder musste ich mich von ihm abwenden und begnügte mich mit unserem Abbild auf dem Weiher. Lucaniel folgte meinem Blick bis dorthin hinab.
„In der Nähe liegt das Außenlager der Wissenden", begann er. „Lass uns dorthin reiten. Die Nachricht, dass du geflohen bist, wird dort noch nicht angelangt sein. Sie werden erst in Minoors Umgebung nach dir suchen."
„Ich werde nicht dort bleiben können", seufzte ich. „Aber für eine Nacht wird es gut sein."
Ich wand mich aus seinem Arm und stand auf.
„Und, Lucaniel", setzte ich hinzu, als er es mir nachtat. „Lass mir bitte ein wenig Zeit, um meine Gedanken zu ordnen!"

18

„Tretet ein!", kam Hartings Stimme aus dem Haus und Lucaniel öffnete die Tür, um in den Wohnraum zu treten.

„Lucaniel! Ihr seid zurück!", rief Harting erstaunt aus. Er schien nicht damit gerechnet zu haben, dass er derartig schnell wiederkehren würde. „Habt Ihr den Mörder gefasst?"

„Nein!", brachte er zähneknirschend hervor, denn der Gedanke daran machte ihn wütend. „Aber ich habe dem Meister die schlimme Nachricht überbracht und er wird sich um die weiteren Angelegenheiten seines Bruders kümmern."

Welch eine Lüge! Der Meister würde sich nicht um eine Bestattung kümmern müssen, denn das war hier bereits geschehen und viel Habe schien sein Großvater nicht besessen zu haben. Seine Schriften hatte Maana. Lucaniel hatte sie in Minoor unter dem Bett hervorgeholt und mit sich genommen, als er erfahren hatte, dass sie nicht mehr dort war. Nun waren sie sicher in einer Satteltasche verstaut.

„Es muss den Meister schwer getroffen haben. Schließlich war sein Bruder ein wichtiger Mann bei uns Wissenden", sagte Harting und seufzte schwer. „Er war ein guter Heiler."

„Es wird neue gute Heiler geben!", entgegnete er nur. „Ich habe jemanden aus Minoor mit hierher gebracht. Ihr Name ist Mina Heilerstochter und sie ist auf dem Weg in eine entlegene Stadt. Sie wird nur eine Nacht bleiben, doch der Meister bat mich, sie bis an ihr Ziel zu begleiten, da sie eine begabte Wissende sei. Er hat in letzter Zeit einige Frauen aufgenommen, um sie zu lehren. Sie scheinen alle recht klug zu sein."

Harting musterte ihn, schien seine Lüge jedoch nicht zu bemerken. Er schien keinen Verdacht zu schöpfen, um wen es sich bei dieser Heilerin tatsächlich handelte und da er wenig Kontakt mit dem Hauptsitz in der Stadt hatte, konnte er unmöglich wissen, ob der Meister tatsächlich Frauen zu lehren begonnen hatte oder nicht. Schließlich nickte er, klopfte ihm auf die Schulter und begleitete ihn wieder zur Tür.

„Es freut mich zu hören, dass Ihr einen derartig wichtigen Auftrag erhalten habt. Der Meister scheint Euch wirklich zu vertrauen, Lucaniel Königssohn. Wann werdet Ihr abreisen?"

„In der Frühe", antwortete er. „Sobald mein Auftrag erledigt ist, werde ich zurückkehren. Euer Dorf gefällt mir, Harting!"

In meiner Kammer bei den Wissenden war ich stets allein gewesen, nachdem Lucaniel fortgegangen war und auch die Jahre zuvor hatte ich allein in einer winzigen Kammer bei Großvater gelebt, doch dort war es nie still gewesen. Durch die dünnen Wände hatte ich das entfernte Weinen kleiner Kinder gehört, oder das Singen einer Frau, die lauten Stimmen betrunkener Männer. Bei den Wissenden wiederum war ich von der Arbeit als Heilerin derartig erschöpft gewesen, dass ich eingeschlafen war, bevor ich damit hatte beginnen können, über unangenehme Dinge nachzudenken.
Doch hier war es unheimlich still. Es schien fast, als würde dieses Dorf keinen einzigen Laut hervorbringen können – selbst die Tiere des nahen Waldes schienen stumm zu sein.
Unruhig drehte ich mich auf den Laken umher. Ich hatte Angst – alles war wie damals, als meine Mutter starb, alles, nur dass es dieses Mal Großvater war, der umgebracht worden war.
Ein flackernder Lichtschein fiel mir plötzlich ins Auge, der unter der verschlossenen Tür des Raumes hindurchkroch. Erschrocken richtete ich mich auf und einen Augenblick später wurde die Tür geöffnet.
„Maana?", flüsterte Lucaniel. Er hielt eine Kerze in den Händen und kam zu meinem Lager herüber, um sich daneben niederzuknien. „Ich wusste, dass du aus Furcht nicht würdest schlafen können. Ich werde bei dir bleiben."
Er erhob sich wieder und ließ sich neben meinen Füßen an die Wand gelehnt nieder.
„Schlaf ruhig", sagte er und lächelte beruhigend. „Ich werde auf dich Acht geben."
Dann blies er die Kerze aus.

Der Reiter stand zwischen den Hütten auf der Straße, ein wenig unschlüssig als wüsste er nicht, wohin er sich wenden sollte und Lucaniel zog sich instinktiv in den Eingang zurück, um ihn zu beobachten.
Der Reiter saß ab und wandte ihm den Rücken zu, sodass Lucaniel sein Gesicht nicht sehen konnte, doch er erkannte an seiner Gestalt, dass er noch jung sein musste – schmale Schultern, ein wenig zierlich sogar und kleiner als er selbst.

Harting kam aus seiner Hütte und begrüßte ihn, indem er sich hastig vor ihm verbeugte. Stirnrunzelnd sah Lucaniel zu. Selbst vor ihm hatte Harting sich nicht verbeugt, obwohl er ihn Königssohn genannt hatte. Wer war dieser junge Reiter?
„Was ist geschehen, Lucaniel?"
Erschrocken fuhr er herum und fand Maana hinter sich, die aufgewacht und ihm gefolgt sein musste. War er derartig auf Harting und den Reiter konzentriert gewesen, dass er ihre Schritte nicht vernommen hatte?
Er warf einen hastigen Blick auf die Straße zurück, wo Harting gerade in ihre Richtung deutete. Verdammt! Der Meister musste diesen Reiter geschickt haben, um zu sehen, ob Maana bei ihm war! Dass er diese Möglichkeit in Erwägung ziehen würde, hatte er nicht erwartet.
„Nach drinnen!", flüsterte er und schob sie in den Wohnraum zurück. „Oder willst du zum Meister zurückgebracht werden?"
Zutiefst entsetzt starrte sie ihn an.
„Der Meister ist hier?", entwich es ihr – gemeinsam mit all der Farbe, die ihr Gesicht getragen hatte.
„Nein", beschwichtigte er sie. „Aber er scheint nach dir geschickt zu haben."
„Noch haben sie mich nicht gesehen! Ich werde mich verstecken!"
Er nickte und ein grimmiger Ausdruck der Entschlossenheit huschte in ihre Augen, sodass sie plötzlich viel lebendiger erschien – beinahe so, wie anfangs in Minoor.

„Geh in den Nebenraum. Ich werde niemanden zu dir hindurchlassen!", versprach Lucaniel und ich wollte dem gerade folgen, als die Tür aufschwang. Sogleich schob er mich hinter seinen Rücken.
„Wer seid Ihr?", fragte er und jemand trat von der Straße herein. „Was wollt Ihr?"
Die Person – seltsam schmächtig – kam näher heran und schlug die Kapuze des Reisemantels zurück. Vor mir zischte Lucaniel leise und schob mich ein Stück rückwärts, sodass ich die Person nicht sehen konnte.
„Ich bin auf der Suche nach Mina Heilerstochter", sprach der Fremde und seine vertraute Stimme ließ mich zusammenzucken. „Ich denke, Ihr versteckt sie hinter Euch."

19

Er durchbrach die letzten Sträucher und stapfte bis zum Ufer des Weihers heran, um sich dort ins Gras fallen zu lassen. Empört zwitschernd flatterten ein paar Vögel davon, ein kleines Tier raschelte durch trockenes Laub.

Florestiel, warum er? Warum war er gekommen? Der Meister konnte ihn kaum geschickt haben, er musste sich folglich selbst dazu entschieden haben, nach Maana zu suchen. Aber weshalb? Er konnte unmöglich die Wahrheit gewusst haben!

Unruhig sprang er auf, ging einige Schritte am Weiher entlang und ließ sich dann wieder ins Gras fallen. Seine Sorge machte ihn wütend, denn obwohl er wusste, dass Maana Florestiel vertraute und er sie nicht dazu zwingen würde, zu den Wissenden zurückzukehren, wäre er am liebsten zurückgelaufen und hätte sie von ihm fortgeholt. Doch er durfte nicht, schließlich hatte Maana ihn fortgeschickt, um Florestiel die Wahrheit selbst zu sagen – wer sie war und wie es sein konnte, dass sie seine Schwester war. Zwar bezweifelte er, dass sie wusste, wie sehr er Florestiel verabscheute, doch sie schien es gespürt zu haben.

Lucaniel kniff die Augen zusammen, in der Hoffnung, die kleine Traummaana würde ihn vielleicht beruhigen können, ihm Erklärungen geben, wie sie es von Anfang an getan hatte. Doch er blieb wach – er blieb in der Realität zurück, als würde sich sein Geist weigern, in einen Traum zu fallen. Leise fluchend öffnete er die Augen wieder. Wo waren sie, die unerbetenen Träume von dieser Weiherlichtung, wo waren sie, wenn er sie wirklich brauchte?

Ich zerpflückte das Stück Brot nervös mit den Fingern, bevor ich mir die einzelnen Brocken nach und nach in den Mund steckte, um unruhig darauf herumzukauen. Mir gegenüber saß Florestiel. Er aß nichts und nippte nur selten an dem heißen Gebräu, dass der Dorfmeister Harting uns hatte bringen lassen. Vielmehr schien er nachzudenken.

„Weshalb habt Ihr mir nicht früher davon erzählt, Fräulein Mina?", fragte er schließlich und ich zog eine gequälte Miene. „Oder soll ich Euch lieber Maana nennen? Welcher der Namen ist Euch genehmer?"

„Mein wahrer Name ist Maana, der andere ist eine Lüge, die ich nicht
länger tragen möchte!", antwortete ich. „Nennt mich bitte Maana,
mein Prinz!"
Nickend hob er den Krug an und trank einen Schluck daraus, bevor
er seine eigentliche Frage wiederholte.
„Aber weshalb habt Ihr mir es nun nicht früher berichtet?"
„Ich wusste nichts davon", antwortete ich und Florestiel nickte
abermals. Die Nachricht, dass er eine Schwester haben sollte, schien
ihn nicht zu erstaunen, doch vielleicht hatte er seine Miene auch nur
derartig gut unter Kontrolle, dass er es nicht zeigte.
„Ich habe meiner Mutter nie geglaubt, dass mein Bruder gestorben
sein sollte. Ich habe ihr meist nicht einmal geglaubt, dass sie traurig
deswegen sei, denn danach sah sie keinesfalls aus, wenn ich sie auf
ihn ansprach", sagte er plötzlich lächelnd. „Ich vertraue ihr nicht und
ich kann mir vorstellen, dass sie Dinge wie das, was Ihr mir gerade
dargelegt habt, getan hat. Zudem seht Ihr ihr verwunderlich ähnlich."
„Ihr glaubt mir, Florestiel?", entwich es mir erstaunt, denn damit hatte
ich nicht gerechnet.
„Ich vertraue Euch, Maana, denn Eure Seele ist rein, wie ich es nie
zuvor gesehen habe. Doch ich werde es prüfen müssen. Wenn das,
was Ihr sagtet, wirklich geschehen ist, muss es im Palast noch
Mägde geben, die davon wissen. Meine Mutter hatte stets mehrere
Zofen zur selben Zeit."
Er erhob sich und ich folgte ihm bis auf die Straße.
„Kommt mit mir in die Kirche, einen Tag. Ich werde stets dort sein, um
auf Euch zu warten und das, was ich erfahren habe, mit Euch zu
teilen", versicherte er, nahm meine Hand und küsste sie sanft. „Auf
eine baldiges Wiedersehen, Fräulein Maana!"

Ich wartete, dass Lucaniel von dem Spaziergang wiederkehren
würde, auf den ich ihn geschickt hatte, und es behagte mir nicht, wie
lange er fortblieb. Hätte ich geahnt, dass Florestiel sich derartig
schnell wieder auf den Rückweg nach Minoor begeben würde, hätte
ich ihn lediglich in den Nebenraum geschickt, damit er nicht allzu weit
fortging, doch ich hatte erwartet, dass diese Unterhaltung länger
dauern würde.
Nun saß ich allein an dem Tisch, an dem ich eben noch mit Florestiel
gesessen hatte. Durch die Fenster wehte das entfernte Gackern
eines Huhnes herein, eine Männerstimme rief etwas, im Blätterdach

des nahen Waldes rauschte ein schwacher Wind, der seit Tagen das Vergehen des Sommers anzukünden schien. Ich hatte das heiße Getränk, dass wir vom Dorfmeister Harting bekommen hatten, ausgetrunken, nur ein Stück Brot wartete auf dem Tisch noch darauf, gegessen zu werden, und ich hatte beschlossen, es für Lucaniel aufzuheben.

Der einsame Raum beängstigte mich und wäre ich noch in den Gewölben der Wissenden gewesen, wäre ich einfach hinausgegangen – die Gänge entlang bis in das Siechenhaus – doch hier wagte ich das nicht. Auch, wenn die Straße dort draußen von Leben erfüllt war und mir Sicherheit geben konnte, war sie fremd und gerade weil sie fremd für mich war, war sie wiederum eine Gefahr. Seufzend drehte ich den Krug in den Händen umher. Ich verabscheute einsame Räume – sie erinnerten mich an den Tod. Ich konnte nichts dagegen unternehmen, dass ein kaltes Grauen mich beschlich, dass ich es riechen konnte – das brennende Fleisch der Ketzer auf dem Scheiterhaufen.

Das Gras war nass von Tau, seine Kleider lagen kalt und klamm auf der Haut, irgendwo in der Ferne rief ein Hahn.
Müde richtete er sich auf. Die Weiherlichtung lag in einem dämmrigen Morgenlicht, die Sonne reichte noch nicht über die Spitzen der Bäume hinweg und die Vögel schienen noch nicht erwacht zu sein.
Lucaniel wusch sich das Gesicht im Weiher. Er musste doch noch eingeschlafen sein – am vorigen Tag, als er auf Maana wartete...
Maana!
Fluchend sprang er auf und hastete auf das Dorf zu. Maana, er hatte Maana vergessen!
Ein Ast schlug ihm ins Gesicht, kratzte über seine Haut, sein Fuß verfing sich in einem Strauch und er stürzte. Der muffige Geruch von faulem Laub und feuchter Erde kroch in seine Nase, als er der Länge nach hinschlug und benommen liegenblieb.
Er hatte Maana vergessen!

20

Ich hatte gedacht, dass ich nie wieder nach Minoor zurückkehren
würde – diese Stadt war erfüllt von düsteren Erinnerungen. Obwohl
ich nicht lange fort gewesen war, hatte ich beinahe erwartet, dass
sich etwas verändert hatte, während ich auf der Flucht vor dem
Meister gewesen war, doch das einzige, das sich verändert hatte, war
ich. Die Stadt sah mit einem Mal anders aus, roch anders, klang
anders – nur, weil ich wusste, dass sie mir gehörte, wie sie Florestiel
gehörte. Aber auch mit dieser neuen Sicht der Stadt kehrte ich nicht
gerne nach Minoor zurück. Es hatte etwas seltsam Falsches an sich,
durch die Straßen zu reiten, denn vieles war mir fremd. Derartig
selten wie ich aus dem Haus meines Großvaters und aus dem
Gewölben der Wissenden gelassen worden war, kannte ich mich
kaum aus.
Ich ließ das Pferd langsam durch die Gassen schreiten. Das
Geklapper der Hufe hallte an den Hauswänden wieder und die
wenigen Menschen, die sich noch draußen aufhielten, sahen mir
verwundert nach. Es war Nacht in Minoor und trotzdem hatte ich
erwartet, dass die Wissenden mich finden würden, kaum dass ich
mich der Stadt näherte. Nur hatten sie das seltsamerweise nicht
getan.
Ich fand den geheimen Eingang zu den Gewölben ohne
Schwierigkeiten, obwohl ich mir nicht einmal sicher gewesen war, ob
ich ihn überhaupt finden würde.

Es klopfte an der Tür und Robert trat ein. Ich hatte erwartet, dass
entweder er oder der Meister bald zu mir kommen würden, denn
meine Ankunft war nicht unbemerkt geblieben. Auf den Gängen war
ich einigen Heilern begegnet, die mir erstaunt nachgesehen hatten
und es hatte nicht lange andauern können, bis meine Rückkehr bis
zum Meister durchgedrungen sein würde.
„Komm herein“, sagte ich und Robert schloss die Tür hinter sich.
„Wo wart Ihr, Mina?“, wollte er besorgt wissen und ich fragte mich,
weshalb er besorgt sein mochte – weil ich ohne eine Nachricht
gegangen war, oder weil er nicht wusste, wohin ich verschwunden
war? Vielleicht war es beides.
Ich war gerade dabei gewesen, mein Bündel auszupacken –
Großvaters Schriften waren bereits unter dem Bett versteckt – und

nahm nun eine dicke Papiertüte heraus, in die ich auf dem Rückweg aus dem Außenlager hastig einige Kräuter gesammelt hatte, um die Geschichte, die ich mir zurechtgelegt hatte, glaubwürdiger erscheinen zu lassen.

„Auf den Wiesen vor der Stadt", log ich, ohne Robert anzusehen.

„Vier Tage? Ihr wollt vier Tage auf den Wiesen gewesen sein?", fragte er spöttisch und kam auf mich zu, damit er mich an den Schultern packen und dazu zwingen konnte, ihn direkt anzusehen.

Noch nie war er auf diese Weise mit mir umgegangen. Seine Worte mochten streng und aufwühlend gewesen sein, doch bis auf eine tröstende Umarmung hatte er mich nie angefasst – dazu schien er zu viel Respekt gehabt zu haben. Inzwischen wusste ich, dass alles, was er für mich getan hatte, mich nur hatte kontrollieren sollen.

„Lass mich los, Robert", fauchte ich. „Du bereitest mir Angst!"

Ein beinahe erschrockener Ausdruck trat in seine Augen und er machte hastig einen Schritt von mir fort als wäre ihm erst in diesem Moment bewusst geworden, was er gerade tat.

„Ich war auf den Wiesen! Ich wagte mich nur zu weit fort und fand den Weg nicht zurück, bis zum heutigen Tag!"

Unsicher musterte er mich. Ich nutzte diesen Augenblick und hielt ihm die Tüte mit den Kräutern entgegen.

„Bereite das hier zum Trocknen vor. Ich werde den Meister aufsuchen müssen!", sagte ich, bevor ich die Kammer verließ. Nun, wo ich wusste, wie er wirklich war, fiel es mir noch viel leichter, ihn von mir zurückzustoßen.

Lucaniel ahnte, wo er Maana finden konnte, wenn er in Minoor damit beginnen würde, nach ihr zu suchen. Doch sie war ohne ihn gegangen und er wusste, dass sie einen Grund dafür gehabt haben musste – einen Grund neben seinem langen Fortbleiben. Maana war zu den Wissenden zurückgekehrt, zurück zum Meister – zurück zu dem Menschen, der seinen Großvater hatte umbringen lassen. Aber was bezweckte sie damit?

Hatte er sie derartig verletzt, dass sie lieber zu jenen ging, die sie für eigene Zwecke ausnutzten, als bei ihm in Sicherheit zu verweilen?

Lucaniel trieb sein Pferd durch das Unterholz des Waldes voran und ließ den Pfad vor sich nicht aus den Augen, obwohl er wusste, dass er Maana nicht einholen konnte. Dazu hatte er zu lange gewartet, ob sie nicht doch zurückkehren würde. Es hatte danach ausgesehen, als ob Maana sich kurz auf einen Gang durch das Dorf begeben hatte, vielleicht um zu sehen, wo er steckte. Schließlich war er die ganze Nacht fortgeblieben – sie musste gedacht haben, er wäre bei jemand anderem gewesen, wahrscheinlich bei einem Mädchen. Auf dem Tisch hatte ein Stück Brot gelegen und zwei benutzte Krüge hatten daneben gestanden, als wären Florestiel und Maana gerade erst aus der Hütte gegangen. Nichts hatte danach ausgesehen, dass sie fort war.

Bis ihm aufgefallen war, dass die Kiste mit den Schriften fehlte – er hatte sogleich gewusst, wohin sie mit Florestiel zurückgegangen war. Nur, warum?

„Mina!", rief der Meister sichtlich erleichtert aus, als ich seine Kammer betrat. „Ich war derartig in Sorge um dich! Wo warst du?"

„Verzeiht mir mein Unglück, Meister!", bat ich schnell und knickste artig als würde ich eine Bestrafung fürchten. „Ich wollte allein nach Kräutern suchen, die ich für meine nächsten Salben verwenden wollte, und da verirrte ich mich auf den Wiesen und fand nicht in die Stadt zurück!"

„Wie kommt es dann, dass die Boten, die auf die Suche nach dir sendete, dich dort nicht fanden?"

„Es ist mir ein Rätsel, Meister!", sagte ich und gab mich betroffen. „Sie müssen schlecht gearbeitet haben, oder ich war derartig weit entfernt, dass sie nicht weit genug ritten."

Mit einem skeptischen Blick musterte er mich und, obwohl ich es schrecklich unangenehm fand, konnte ich ihm standhalten. Wenn ich wirklich erfahren wollte, was er mit mir vorhatte, dann durfte er den Verdacht, dass ich über alles Bescheid wusste, nicht einmal in einem unwichtigen Nebengedanken schöpfen. Ich musste die unschuldige, naive, nichts ahnende Maana von vorher sein – und ich musste auf seine Methoden hereinfallen, mit denen er mich an sich binden wollte.

„Bitte, Meister!", begann ich zaghaft. „Es wird nicht wieder geschehen, dass ich alleine die Gewölbe verlasse!"

„Das hoffe ich für dich, Mina!", brummte er, setzte sich hinter seinen Arbeitstisch und rückte einige Blätter Pergament zurecht. „Der junge Prinz könnte ansonsten unangenehm werden!"

„Ja, Meister!"

Er lächelte und ich knickste abermals. Ich schien Glück gehabt zu
haben und er glaubte mir meine Geschichte, doch wenn ich sicher
gehen wollte, dass es so war, würde ich lauschen müssen.
„Meister", bat ich zögernd. „Würdet Ihr es mir erlauben, wenn ich
Euch darum bäte, mir Robert als steten Begleiter und Beschützer zu
geben? Er hat mir bereits derartig viel geholfen, dass ich ihn gerne
bei meiner Arbeit dabeihaben würde."
„Er wird dir diesen Wunsch sicherlich erfüllen!", meinte er
zuversichtlich und ich erkannte die Freude, die ich mit meinen Worten
bei ihm geweckt hatte – ich hatte die Angelegenheit herumgedreht.
Nicht ich war mehr die Unwissende, die benutzt wurde, sondern er.

21

Er erreichte die Stadttore mit dem Aufgehen der Sonne.
Die Wachen musterten ihn nur kurz und ließen ihn dann mit einem freundlichen Gruß passieren. Sie kannten ihn, denn er war oft bei ihnen gewesen, um mit ihnen zu sprechen, als er noch jeden Tag durch die Gassen gestreift war, um die Menschen bei ihren alltäglichen Handwerken zu beobachten und vielleicht den Prinzen Florestiel zu sehen – den Jungen, der das Leben lebte, das einst ihm gehört hatte.
Es war Kirchentag in Minoor. Die Frauen trugen ihre prächtigsten Trachten und die Hemden und Hosen der Kinder waren ordentlich sauber. Wandernde Händler hatten bereits damit begonnen, ihre Karren auf dem Marktplatz aufzubauen, während das Geläut der Glocken, Minoors Volk in die Kirchen rief – Kirchentag war auch Markttag, ein Tag der besten Kleider und des großen Handels. Die Straßen waren erfüllt von bunten Gerüchen, Rufen und Kinderschreien, den verzweifelten Rufen des umfeilschten Viehs und der Hühner. Am Kirchentag blühte die Stadt.
Lucaniel saß ab und führte sein Pferd zu einem Gasthaus hinüber, um sich dort eine Kammer zu nehmen. Zwar besaß er nicht viel Geld, doch es würde für einige Nächte ausreichen, bis er entweder eine Gelegenheit zu arbeiten oder eine kostenfreie Unterkunft gefunden hatte. Bei den Wissenden hatte er weder arbeiten, noch zahlen müssen und es hatte ihm nie an etwas gefehlt, doch zu ihnen wollte er nicht zurück – nicht, bis er wusste, was der Meister plante.
Der Wirt des Gasthauses war ein greiser, aber dennoch kräftig wirkender Mann, der ihm eine kleine Kammer, zwei Mahlzeiten und einen Platz für das Pferd für ein paar Münzen anbot, wenn er versprach, in der Stallarbeit zu helfen.
„Wisst Ihr, ich weiß, wie ihr jungen Burschen seid, wenn ihr in eine große Stadt kommt", sagte der Wirt gutmütig. „Habt nicht viel Geld. Ich war damals auch so, wie Ihr zu diesen Tagen."

Ich beugte mich über den kleinen Topf mit den köchelnden Kräutern und schnupperte. Der wunderbar herbe Geruch, der dem Topf in Dunstschwaden entstieg, hatte sich in der Kammer ausgebreitet und ich bedauerte, dass es nicht gestattet war, die Salben in den Schlafkammern auszukochen. Zu gerne hätte ich diesen Geruch in

meiner gehabt. Er beruhigte mich, er gab mir etwas Vertrautes zurück, das ich vor derartig vielen Jahren verloren hatte, dass es mich wunderte, dass die Erinnerung daran in mir noch existierte. Es roch, wie meine Mutter stets gerochen hatte, wenn sie von ihrer Arbeit heimgekehrt war.
„Wie steht es um Euren neusten Versuch, Mina?"
Robert hatte die Kammer betreten und trat nun hinter mich, um einen Blick in meinen Topf zu werfen. Anscheinend hatte er nach mir gesucht, denn er trug nichts bei sich, womit er vielleicht selbst eine Salbe hätte auskochen können.
„Sie wird gegen reizenden Ausschlag auf der Haut angewendet werden können", erklärte ich, ohne ihn anzusehen. „Sie wird morgen fertiggestellt sein, dann werde ich sie erproben. Schickt der Meister nach mir?"
„Nein", sagte Robert und lächelte. „Aber ich komme gerade von einer erfreulichen Unterredung mit ihm."
Ich beugte mich noch einmal tief über den Topf, um zu schnuppern. Wenn Robert vom Meister kam, konnte es nur bedeuten, dass er meinem Wunsch nachgegangen war, und ich begann zufrieden zu grinsen. Mein Vorhaben schien machbar zu sein.

Lucaniel schritt gemächlich über den Marktplatz und begutachtete die Ware der wandernden Händler. Neben dem aufgeregt schnatternden und meckernden Getier wurde auch Obst und Getreide vom Land angeboten, meist ein wenig teurer als das der städtischen Händler und trotzdem war die Ware begehrt. Sie wurde in größeren Mengen abgegeben und viele Familien horteten bereits für den näher rückenden Winter, denn dann wurden die Nahrungsmittel meist knapp.
Lucaniel erwog, einen Apfel an einem der Stände zu erwerben, doch sein Münzbeutel war leicht und er wusste, dass er diesen Kauf später vielleicht bereuen würde, wenn er nicht rechtzeitig eine Arbeit fand. Seufzend wandte er den Blick von den Obstkarren ab. Wo waren sie, die Menschen, die er suchte? Noch hatte er keinen Wissenden erblickt – geschweige denn den Prinzen, der die Märkte allerdings gelegentlich aufsuchte, wie er aus jahrelanger Beobachtung wusste. Nicht, dass er mit den Wissenden hätte in Verbindung treten wollen – dann lieber mit dem verhassten Prinzen – doch er wollte sie belauschen. Vielleicht ließ einer von ihnen ein unvorsichtiges Wort

über Maana verlauten und er wüsste wenigstens, dass es ihr gut ging.

Doch zwischen den Karren drängelte sich an diesem Tag kein Wissender durch die feilschende Menschenmenge. Sie hatten wohl bereits genug vorgesorgt. Der Meister hatte von jeher der Zeit vorausgedacht, die Speisekammern in den Gewölben mussten seit Wochen ausreichend gefüllt sein.

Ein wenig enttäuscht bahnte Lucaniel sich den Weg durch die Menge zum Gasthaus zurück. Der greise Wirt saß auf einem wackeligen Schemel hinter seiner Theke und wischte mit einem alten Lappen seine Krüge sauber.

„Nun, wie gefällt Euch unsere Stadt, Bursche?", brummte er, wobei er seine schwarzen Zähne entblößte. „Am Kirchentag ist Minoor am prächtigsten. Ihr konntet keinen besseren Tag für Eure Ankunft wählen."

„Sie ist wunderbar!", sagte er höflich, dabei hatte er kaum glückliche Erinnerungen an Minoor. „Sagt, kennt Ihr einen Meister in dieser Stadt, der derzeit einen Lehrling sucht?"

Der Wirt lächelte wissend und kratzte sich dann nachdenklich am Hinterkopf.

„Wie heißt Ihr, Bursche?", fragte er und Lucaniel brauchte nicht lange zu überlegen, bis er zu dem Schluss kam, unter seinem wahren Namen nicht in Minoor leben zu können, wenn die Wissenden nicht wissen sollten, dass er hier war.

„Lucas Schreinerssohn."

Der Wirt nahm den alten Lappen wieder zur Hand, um seine Krüge auszuwischen.

„Der Schreiner hat bereits einen!", brummte er. „Doch Ihr könntet eine eigene Schreinerei aufbauen, wenn Ihr den Mut zu einem neuen Anfang habt."

„Ich will kein Schreiner werden, nur weil mein Vater einer ist", warf Lucaniel ein.

„Dann geht zum Bäckermeister an der Straßenecke, der sucht seit einer Weile", meinte der Wirt, ohne von seiner Beschäftigung aufzusehen. „Der wird Euch zwar nicht viel zahlen, doch schlechte Arbeit ist besser als keine, Schreinerssohn!"

22

Ich war erst ein einziges Mal in der Kirche gewesen, nachdem meine Mutter gestorben war – an jenem Tag, an dem Großvater verschwand. Vor Mutters Tod waren wir oft in die Kirche gegangen, doch ich erinnerte mich kaum noch daran, denn ich war viel zu jung gewesen, um die Ausmaße des Gebäudes überhaupt zu begreifen. Meine Erinnerungen zeigten stets einen riesigen Raum, der sich bis zum Himmel und bis zum Horizont zu erstrecken schien, und meine Mutter, die auf eine Holzbank gekauert betete. Inzwischen wusste ich, für wen sie gebetet hatte.
Lucaniel...
Obwohl sie ihn nie vergessen hatte, hatte sie mich wie ihr eigenes Kind geliebt, das ich nie gewesen war und auch mich hatte sie nie aufgegeben. Ich mochte zwar nicht ihr eigenes Kind gewesen sein, sondern das jener Frau, die ihr ihren Sohn genommen hatte, doch ich war nie ein Ersatz für Lucaniel gewesen. Sie hatte mich geliebt, dessen war ich mir sicher.

„Eure Salben sind jede von Neuem ein kleines Wunder!", sagte Robert und ich überwand mich zu einem Lächeln, damit er dachte, ich würde mich über sein geheucheltes Lob freuen. Seine Worte waren unecht, weshalb sollte da meine Miene nicht auch unecht sein?
„Menschen vollbringen keine Wunder", widersprach ich dann belehrend. „Selbst Heiler können das nicht."
Mit einem überraschten Blick folgte er mir, als ich zu einem Regal ging und einen Tontopf herunternahm, in dem die Kräuter enthalten waren, die ich für meine neue Salbe benötigte. Er schien nicht damit gerechnet zu haben, dass ich überhaupt etwas erwidern würde.
„Robert, würdest du mir bei einem gewagten Vorhaben helfen, wenn ich dich darum bäte?", nutzte ich seine Sprachlosigkeit und das Erstaunen in seinen Augen wuchs, bis es mit einem Mal zweifelnd wurde.
„Was plant Ihr Gewagtes, dass Ihr dafür meine Hilfe benötigt, wenn Ihr bisher nahezu jeden Vorschlag von Unterstützung zurückgewiesen habt?", fragte er. „Wollt Ihr ein weiteres Mal auf unerlaubte Weise auf die Wiesen vor der Stadt? Oder wollt Ihr Euren Bruder im Außenlager aufsuchen und ihn zur Rückkehr bewegen?"

„Nein", entgegnete ich. „Solch absurde Vorhaben würde ich nicht als gewagt, sondern als irrsinnig bezeichnen."
„Und was bezeichnet Ihr dann als gewagtes Vorhaben?"
Schmunzelnd nahm ich einige Kräuter aus dem Tontopf, um sie mit dem Klöppel zerkleinern zu können. Robert wusste schließlich nicht, dass ich tatsächlich bei Lucaniel im Außenlager gewesen war.
„Sorg dich nicht", beruhigte ich ihn immer noch über sein Unwissen schmunzelnd. „Ich wollte dich lediglich darum bitten, mich in die Kirche zu begleiten."

„Nun, Ihr wollt also mein Lehrling werden? Wie ist Euer Name?", fragte der Bäckermeister und beugte sich über seine Theke hinweg, um ihn besser in Augenschein nehmen zu können. „Ihr seid jung, weshalb wollt Ihr da Bäcker werden, wo es doch viel ehrbarere Berufe gibt, die Ihr verrichten könntet?"
„Ich liebe den Geruch der frischen Brotlaibe", sagte Lucaniel. „Außerdem arbeitet ein Bäcker in der Frühe und ich bin es gewohnt, derartig früh bereits beschäftigt zu sein."
Der Bäckermeister musterte ihn noch einmal eindringlich, dann hielt er ihm seufzend die schwielige Hand entgegen.
„Junge Burschen sollte man nicht von ihrem Weg abbringen. Nennt mich von nun an Meister Joland."
Lucaniel zögerte nicht einzuschlagen.
„Lucas Schreinerssohn", stellte er sich vor. „Wann kann ich bei Euch beginnen, Meister Joland?"

Die Tage zogen dahin, ohne dass ich es zu bemerken schien, denn das Siechenhaus und meine Mühe mit Robert und dem Meister forderten all meine Aufmerksamkeit, sodass ich das Voranschreiten der Zeit nicht mitbekam.
Dinge zu sagen, die man nicht meinte, erschien mir noch leicht, doch meine Miene derartig zu beherrschen, dass sie mit den falschen Worten sprach, war schwerer als ich anfangs gedacht hatte und es kostete mich mehr Kraft und Willen als ich gewillt gewesen wäre zu geben, hätte ich nicht ein festes Ziel vor Augen gehabt. Ich wollte endlich wissen, weshalb mich der Meister belogen hatte – weshalb Großvater mich all die Jahre in dem Glauben hatte aufwachsen lassen, ich sei ein bettelarmes Ketzerkind, das Kind seiner eigenen Tochter. Ich wollte endlich wissen, wozu der Meister mich derartig

dringend benötigte, dass er mich nicht gehen lassen wollte. Doch vor allem wollte ich wissen, wofür Großvater hatte sterben müssen.

Es regnete. Die Tropfen, dick und schwer, klatschten ihm auf die Haut und hatten seine Kleider innerhalb kurzer Zeit durchnässt, sodass sie schwer an ihm hinabhingen. Das Wasser lief ihm vom Haar ins Gesicht und rann in kleinen Bächen über die Wangen oder tropfte von der Nasenspitze als würde es sich in einer erzwungenen Wagemut in die Tiefe stürzen müssen.
Etwas war nicht richtig. Dieses hier war ein Traum, ein Traum wie er ihn lange ersehnt hatte, und doch war es nicht wie es hätte sein sollen. Es war nicht sein Traum. Zwar träumte er ihn, aber er war nicht in ihm – er war nur ein Beobachter.
Zögernd trat Lucaniel aus dem Rand des Waldes. Der Weiher war übersät von runden Mustern, die der Regen auf seine Oberfläche schlug. Der Boden unter seinen Füßen schmatzte morastig weich. Er erkannte ihn, diesen Tag, den er hier sah. Er hatte ihn vor vielen Jahren selbst gelebt und plötzlich wusste er, was die Traummaana ihm stets hatte erklären wollen.
Sie war genauso wie damals – nackte Füßchen, dasselbe schlichte Leinenkleid, dasselbe unschuldige Kinderlächeln – sie war genauso wie an jenem verregneten Tag, an dem er sie aus dem Weiher gezogen hatte.

23

Lucaniel wischte sich den Schweiß von der Stirn. Die Luft in der Backstube war stickig und heiß, sodass ihm das Atmen schwerer fiel als er erwartet hatte. Noch vor dem Aufgang der Sonne hatte er damit begonnen, den steinernen Ofen des Bäckermeisters zu beheizen, damit er später seine Brote verkaufen konnte. Seit er vor einigen Tagen als Lehrling in der Backstube begonnen hatte, hatte er kaum etwas anderes getan und es würde wohl noch eine Weile andauern, bis er beim Zubereiten des Brotteiges helfen durfte. Doch ganz im Gegensatz zu den Zweifeln, die er anfangs gehabt hatte, gefiel ihm diese Arbeit und er hatte tatsächlich ab den Mittagsstunden frei, sodass er in der Stadt nach den Wissenden und dem Prinzen Ausschau halten konnte. Das Geld, das er verdiente, reichte sogar aus, um sich ein paar neue Kleider zu kaufen.

„Habt Ihr mit dem Ofen geendet?", rief Meister Joland aus dem Nebenzimmer herein, in dem er den Teig fertigte. „Helft mir dann doch bitte kurz bei den Laiben, Lucas!"

„Ja, Meister!", antwortete er und ging zu ihm hinüber, um den großen Flechtkorb in den Laden zu tragen, in dem die bereits braungebackenen Bote gestapelt lagen.

„Danke, Lucas", Meister Joland klopfte ihm lobend auf die Schulter, als er den Korb auf dem Tresen abgestellt hatte. „Ihr könnt nun gehen. Morgen werdet Ihr Euren Wochenlohn erhalten."

Lucaniel streifte sich die Bäckersschürze ab, wischte sich daran die Finger sauber und legte sie dann neben dem Steinofen ab. Wenn er sich beeilte, konnte er noch rechtzeitig zur Messe bei einer der Kirchen angelangen, um zu sehen, ob er dort jemand Interessanten fand.

„Bis morgen, Meister Joland!", rief er und war auf der Straße, bevor der Bäcker hatte antworten können.

Er erreichte die große Kirche am Marktplatz zur rechten Zeit – der junge Prinz schritt gerade darauf zu und Lucaniel wusste, dass er nur eine Möglichkeit haben würde, mit ihm zu sprechen. Denn nach der Messe würden sich die Adligen auf ihn stürzen wie ein Raubtier auf eine schwache Beute, um ihn in ein Gespräch zu verwickeln. Nein, er musste jetzt mit ihm sprechen.

Mutig trat er Florestiel in den Weg.

„Wo ist sie?", fragte er und machte einen Schritt auf ihn zu, während um sie herum die Menschen stehen blieben und die beobachteten. Etwas in Florestiels Augen leuchtete auf – er erkannte ihn, er wusste von wem er sprach. Doch bevor er eine Antwort bekommen konnte, wurde Lucaniel fortgerissen. Eine der Wachen des Prinzen hatte ihn gepackt und zwang ihn nun auf die Knie hinunter, derartig tief, dass sein Gesicht fast auf das dreckige Pflaster der Straße schlug. Mit einem wütenden Keuchen versuchte er sich loszumachen, doch es gelang ihm nicht.

„Dreckskerl!", schimpfte die Wache und spuckte aus. „So spricht es sich nicht zu einem Prinzen! Los, winsle um Verzeihung!"

„Meister?", fragte ich unschuldig. „Wisst Ihr inzwischen, wann Großvater mich holen kommen wird? Ich habe lange keinen Brief mehr von ihm erhalten. Aber vielleicht hat er Euch ja eine Nachricht zukommen lassen?"

„Da muss ich dich leider enttäuschen, Mina", sagte er mit einem bedauernden Lächeln und seine tiefe, warme Stimme hätte mir mit seiner gelogenen Antwort beinahe Trost gespendet. Doch so wunderbar weich und beruhigend sie auch sein mochte, sie sagte nicht die Wahrheit.

„Er scheint sich noch immer auf der Flucht zu befinden", fuhr er fort und ich nickte betrübt, wobei diese Betrübtheit vielmehr dadurch in mir aufstieg, das ich wusste, was Großvater wirklich zugestoßen war.

„Meister, ich frage mich bereits so lange, wovor er eigentlich flieht. Könntet Ihr es mir nicht sagen? Es wäre leichter, mich damit abzufinden, wenn ich nur den Grund dafür wüsste."

„Nein, das kann ich nicht, Mina!", lehnte er ab und ich zuckte unwillkürlich zurück. Wie konnte eine derartig angenehme Stimme wie die des Meisters bloß von einem Moment zum anderen so hart werden? Beinahe als würde er seine Person auswechseln – nur welches seiner beiden Gesichter, das warme oder das unberechenbar barsche, welches dieser beiden Gesichter war sein wahres?

Wenn ich an all das dachte, was der Meister mir bereits angetan hatte, war es wohl das unangenehmere der beiden. Ich bedauerte es, dass der Mann, der dem Volk von Minoor durch sein Siechenhaus in großem Ausmaß helfen konnte, in Wirklichkeit ein hinterhältiger und böser Mensch war.

Räuspernd erhob der Meister sich hinter seinem Arbeitstisch und kam um ihn herum, um mich tröstend an den Schultern zu halten. Dabei suchten seine Augen forschend nach meinen, ganz als wollte er darin etwas finden, das dort nicht sein sollte, und ich war insgeheim froh, dass bei dem Gedanken an Großvaters Tod echte Trauer in die Miene gekrochen war, denn mit einem erzwungenen Gefühlsausdruck hätte ich ihn aus dieser Nähe sicherlich nicht überzeugen können.

„Es ist nicht meine Aufgabe, dir von Dingen zu berichten, die alleinig er dir erklären sollte!", sagte er. „Du wirst dich damit abfinden müssen, bis er zu uns zurückkehrt. Doch ich bin mir sicher, dass das nicht mehr allzu lange dauern wird!"

„Lasst ihn frei, sogleich!", befahl Florestiel.
Irritiert sah die Wache zu ihm auf.
„Dieser Kerl beleidigte Euch soeben, mein Prinz. Das könnt Ihr nicht hinnehmen", sagte sie und ließ Lucaniels Handgelenke nicht los, sodass sein Gesicht noch immer knapp über dem Pflaster verweilte und er Florestiel nicht ansehen konnte. Stattdessen hörte er nur das aufgeregte Getuschel der Umstehenden, die ihn wahrscheinlich für einen Attentäter oder Ähnliches hielten.
„Was ich hinnehme und was nicht, das habe immer noch ich zu entscheiden!", wies er die Wache zurecht. „Lasst diesen jungen Mann los!"
Hastig als wäre sie geschlagen worden, ließ die Wache ihn los und trat einige Schritte zurück. Das Getuschel war verstummt, angespannte Erwartung war nun an ihre Stelle getreten.
„Seid Ihr verletzt?", fragte Florestiel besorgt und bot ihm eine Hand an, doch er rappelte sich ohne seine Hilfe auf. Achselzuckend zog Florestiel seine Hand wieder zurück, lächelte jedoch weiterhin.
„Kommt mit mir in die Kirche. Vielleicht wird sie dort sein", meinte er gutmütig und Lucaniel folgte ihm, während er die starren Blicke der Beobachter in seinem Rücken prickeln spürte. So sehr er den Prinzen auch hasste, er würde alles auf sich nehmen, um Maana zu treffen.

24

Ich schlich durch die Gassen von Minoor als wäre ich eine Fremde auf der Flucht vor einer unangenehmen Begegnung. Die Kapuze der Heilerskutte tief ins Gesicht gezogen schritt ich voran und wäre Robert nicht dabei gewesen, hätte dieser Ausflug sicherlich mit der Nase an einer Wand geendet, denn ich konnte keine zwei Schritte weit sehen.

Ich hatte Florestiel versprochen, mit ihm in die Kirche zu gehen und abgesehen davon hatte er mir versichert, er würde mir in der Kirche mitteilen, ob er etwas über unsere Verwandtschaft herausgefunden hatte. Nur wusste ich nicht, in welche Kirche Minoors er ging, weshalb ich beschlossen hatte, jeden Kirchentag eine andere zu besuchen. Wenn ich jeden Tag in der Woche hätte gehen können, hätte ich ihn sicherlich eher gefunden, doch diese Forderung wäre dem Meister wohl seltsam erschienen.

„Ich bewundere Euch, Mina", sagte Robert und nahm mich am Arm, um mich über den gefüllten Marktplatz zu führen. „Wie könnt Ihr an Gott glauben, wenn Eure Mutter durch ihn sterben musste?"

„Alle Menschen sterben durch Gott. Jeder auf seine eigene Weise", entgegnete ich. „Weshalb sollte ich da nicht an Gott glauben?"

„Seht Ihr?", antwortete er sanft. „Genau das ist es, das ich an Euch bewundere! Ihr habt ein derartig reines Herz, dass Ihr niemandem etwas vorwerfen könnt."

„Das mag dir reinherzig erscheinen, Robert, doch ist es nicht eher eine Schwäche, sich selbst nicht verteidigen zu können?"

Nachdenklich schwieg er. Diese Gespräche über meine Gedanken waren anstrengend. Ich sprach noch immer nicht gerne über mich, schließlich bedeutete das, dass ich mich öffnen musste und doch musste ich ihn und den Meister dazu bringen, mir mein Unwissen zu glauben.

„Weißt du wie die Menschen mich nennen?", fragte ich, als wir auf die Kirche zugingen, die ich für den heutigen Kirchentag gewählt hatte. Robert, der inzwischen dicht vor mir ging als wolle er den Weg auf seine Sicherheit prüfen, schien zu zögern und sah sich um – vielleicht aus Furcht, seine Worte könnten von Personen vernommen werden, die sie nicht hören sollten.

„Sie nennen Euch Ketzerkind", wisperte er mir dann zu. „Aber das seid Ihr nicht. Wir Wissenden wissen, dass Eure Mutter keine Ketzerin war."
„Und wenn du das weißt, weshalb fragst du mich da, ob ich an Gott glaube, wenn der Tod meiner Mutter nicht wegen Gott, sondern für Gott geschah und sie bis zu ihrem Ende daran geglaubt hat, dass ER sie für ihre Taten nun zu sich holen würde, damit sie nicht länger an dieser Welt leiden müsse?"
„Woher wollt Ihr wissen, dass sie das getan hat?"
Robert nahm mich wieder beim Arm und führte mich in das Innere der Kirche hinein. Vorsichtig hob ich die Kapuze der Heilerskutte an, um in den Raum zu spähen.
„Weil die dafür gebetet hat, Robert. Jeden Tag."

Die Tür zur Kammer des Meisters war geschlossen und trotzdem konnte ich Roberts Stimme gut vernehmen. Genau wie ich vermutet hatte, schien er, sobald er mich in meine Kammer gebracht hatte, einen Bericht abzuliefern, um den Meister stets über meinen Zustand informiert zu halten. Vorsichtig spähte ich den Gang vor und zurück. Niemand hielt sich zu derartig später Stunde noch außerhalb seiner Schlafkammer auf, bis auf jene Heiler, die des Nachts im Siechenhaus wachten. Allerdings konnte ich nicht sicher sein, dass nicht doch jemand in den Gängen war, der vielleicht einer dringlichen Angelegenheit wegen noch einmal zum Meister musste. Ich zog mir die Kapuze über den Kopf bis tief ins Gesicht und lehnte mich dann mit verschränkten Armen neben der Tür an die Wand, um zu lauschen.
„Ihr könnt diese Lüge nicht ewig aufrechterhalten Wollt Ihr Maana nicht einfach die Wahrheit über ihn sagen?"
„Wie kann ich ihr die Wahrheit sagen, Robert?", grollte der Meister. „Ich würde uns selbst verraten!"
„Wenn Ihr ihr lediglich berichtet, er wäre gestorben, sehe ich keinen Grund, weshalb sie vermuten sollte, wir würden es gewollt haben", entgegnete Robert ruhig und ich warf einen absichernden Blick den Gang hinunter. Niemand war zu sehen, bis auf die Unterredung war alles still.
„Was willst du damit erreichen?"
Der Meister schien skeptisch zu sein, doch ich ahnte bereits, was Robert bezweckte. Wenn ich erführe, dass Großvater gestorben sei,

würde ich traurig sein – schließlich ahnten sie nicht, dass ich bereits davon wusste und dass ich die Trauer zurückhalten konnte, weil ich mir lange nicht mehr sicher war, ob ich überhaupt wusste, wer Großvater wirklich gewesen war und was er mit meinem Leben vorgehabt hätte, hätte er nicht fliehen müssen.

„Bedenkt doch!", sagte Robert aufgeregt. „Wenn wir ihr vom Tod ihres geliebten Großvaters berichten, wird sie zutiefst verstört sein. Dann werde ich für sie da sein können, um sie fester an uns zu binden!"

„Ich verstehe, Robert", murmelte der Meister zufrieden. „Hast du dich bereits mit Carla in Verbindung gesetzt?"

„Nein, dazu bestand noch keine Möglichkeit."

Carla, wer mochte das sein? Ich würde Florestiel nach ihr fragen, denn er konnte die Beziehungen des Meisters in der Stadt besser verfolgen als ich. Nur musste ich ihn dazu erst einmal treffen, doch wenn ich ihn in der Kirche fand, würde ich ihn darum bitten können. Noch einmal überprüfte ich, ob ich allein im Gang war.

„Dann tu es!", befahl der Meister und ein Stuhl kratzte über den Boden. „Sie muss bereit sein, wenn es so weit ist!"

„Es wird nicht mehr lange dauern!", versicherte Robert. „Sobald Maana mir vollends vertraut, werdet Ihr sie sicherlich dazu bringen können, sich mit mir zu vermählen. Bis dahin wird auch Carla bereit sein!"

Ich hatte genug für diesen Abend gehört und stieß mich von der Wand ab, um leise davon zu eilen. Die beiden wollte mich also dazu bringen, mich mit Robert zu vermählen – und da sie wussten, dass ich eine Königstochter war, konnte dieses Vorhaben nur ein weiterer hinterhältiger Schritt in ihrem ganzen Plan sein.

Lucaniel ließ sich von der Morgensonne das Gesicht wärmen. Mit jedem Tag ging sie ein kleines wenig später auf und er fragte sich, wie lange es wohl noch dauern würde, bis er die Backstube eines Morgens im selben dämmrigen Licht wieder verlassen würde, in dem er sie betreten hatte. Der Verlauf des Jahres schritt unaufhaltsam voran. Wie viele Tage würde noch vergehen müssen, bis er Maana wiedersah – vielleicht den Herbst hindurch bis zum ersten Schnee? Es würde schwer werden, sich derartig lange zu gedulden.

Lucaniel streckte seine müden Glieder und wanderte dann die Gasse von der Backstube zum Wirtshaus hinab, um sich dort in der gemieteten Kammer für einige Stunden zur Ruhe zu legen. Es würde

ihm gut tun, ein wenig zu schlafen, wo er doch jeden Tag derartig früh arbeitete, und da es eh der Tag war, an dem die Händler der Stadt ruhten, würde er auf dem Markt heute nicht fündig werden.
„Guten Morgen, Schreinerssohn!", begrüßte der Wirt ihn. „Ich wollte Euch an die Stallarbeit erinnern, die Ihr verrichten wolltet. Es sei denn, Ihr seid gewillt, mehr Geld zu zahlen!"
Sein greises Grinsen brachte Lucaniel beinahe zu einem resignierten Seufzen. Er hatte Recht. Irgendwann musste er die Stallarbeit einmal verrichten und sein Pferd brauchte auch einen Ausritt, um genug Bewegung zu bekommen.
„Sorgt Euch nicht!", versicherte er freundlich. „Ich werde mich später wie versprochen darum kümmern."

25

Mit einem tiefen Atemzug schwang er sich aus dem Sattel. Die wunderbar herb riechende Herbstluft füllte ihm die Lungen mit frischer Kraft und er spürte bereits, wie sehr ihn dieser Ausritt erholte. Es war nicht alleinig für das Pferd gewesen, dass er es an diesem Tag aus der Stadt geritten hatte. Er selbst hatte die Stille der Wiesen benötigt, um nachdenken zu können.

Wie mochte es bloß geschehen sein, dass er jene verhängnisvolle Begegnung am Weiher vor so vielen Jahren vergessen hatte? Und nicht nur dieses Zusammentreffen mit Maana hatte er vergessen, sondern die gesamte Reise ins Außenlager. Es gab nur eine Erklärung, die ihm möglich erschien. Damals, als all das geschah, hatte der Meister ihn gerade erst vom dreckigen Boden der mit Ratten überfüllten Gasse aufgelesen, um ihm die Ketten abzunehmen und ihn in die Gewölbe zu tagen. Er hatte die Welt eine ganze Weile lang nicht verstehen können und genau in dieser Zeit musste es geschehen sein. Folglich war die kleine Traummaana nichts anderes als seine verdrängten Erinnerungen gewesen, die sich einen Weg in seine Gedanken erkämpfen wollten – bis er sie irgendwann selbst derartig stark ersehnt hatte, dass sie zurückgekehrt waren.

Lucaniel klopfte seinem Pferd aufmunternd auf den Hals und ließ die Zügel los, damit es sich zum Fressen frei bewegen konnte. Wenn er des Öfteren mit ihm auf die Wiesen käme, könnte er das Geld einsparen, das er zurzeit für Heu und Stroh ausgab – zumindest so lange, wie hier noch Gras und Kräuter wuchsen. Schließlich konnte er nicht ewig in dem Wirtshaus leben bleiben und es würde schwer werden, dann eine Unterkunft zu finden, die derartig wenig kostete wie seine derzeitige. Ein wenig zurückgelegtes Geld würde hilfreich sein, ganz gleich was die Zukunft bringen mochte.

Lucaniel ließ sich ins Gras sinken und blickte versonnen in den Himmel empor, wie er es damals getan hatte, als er mit Maana auf den Wiesen gewesen war und sie ihm ihr Lied gesungen hatte. Hätte er damals all das bereits gewusst, was er in den letzten Wochen erfahren hatte, hätte er ihnen viel Schmerzhaftes ersparen können. Doch er hatte es nicht gewusst. Er hatte sich nicht an jene Unterredungen erinnert, die der Meister und sein Bruder im Außenlager geführt hatten – lange, erbitterte Unterredungen darüber, wer Maana und wer ihn bekommen sollte. Sie hatten sich um sie gestritten wie zwei Kinder um ein geliebtes Spielzeug, nur dass Kinder sich nicht gegenseitig umbringen lassen würden, um Jahre später noch an das zu kommen, was sie besitzen wollten. Lucaniel war dabei nie groß von Belang gewesen, nur ein Beweisstück, das am Leben gehalten werden musste. Sie hatten sich um Maana gestritten, weil sie das einzig Wertvolle war – sie war der einzige Weg, in Minoor die Herrschaft an sich zu reißen.

Dass Maana sich an diese Tage im Außenlager nicht erinnerte, war nicht verwunderlich. Denn sie war nach dem ersten Tag dort, an dem sie beinahe ertrunken wäre, zunächst bewusstlos und dann darüber zutiefst verstört gewesen. Nein, an derartig grauenvolle Tage würde sich ein kleines Mädchen, das die eigene Mutter gerade verloren hatte, später nicht erinnern. Selbst er hatte die Geschehnisse lange verdrängt, doch nun wusste er endlich, was der Meister mit ihr vorhatte – und dass er sie deshalb niemals verletzten würde. Sie war sein Heiligtum und er würde alles für sie tun, damit sie ihm aus vollem Herzen vertraute.

Lucaniel wünschte, sie wüsste das. Denn dann hätte sie sicherlich eine Möglichkeit gefunden, es für sich zu nutzen.

Florestiel stand inmitten einer kleinen Menschentraube der geheuchelten Bewunderung, als ich als eine der Letzten die Kirche hinter ihm verließ. Der Adel hatte sich um ihn gescharrt, um ihn mit falschen Worten zu überschütten, die abstoßend süß und klebrig klangen – das hier war das einzige Ziel, das der Adel verfolgte, sich bei der Königsfamilie gut zu stellen, sodass sie vielleicht ein angesehenes Amt zugesprochen bekamen. Ihr Leben bestand aus Worten, gestelzten, unechten, klebrig süßen Worten, und das ekelte mich an.

„Kommt, Fräulein Mina!", sagte Robert ein wenig lauter er es gewöhnlich getan hätte. „Man braucht Euch. Ihr solltet Euch beeilen!" Florestiel blickte auf, während Robert mich am Arm nahm und an der Menschentraube vorbeiführte. Zwar konnte er mein Gesicht unter der Kapuze der Heilerskutte nicht erkannt haben, doch er sah uns nach als wüsste er genau, wer ich war.

„Das hast du nicht ohne Grund getan, nicht wahr?", fragte ich, kaum waren wir im Getümmel des Marktplatzes verschwunden. „Was war deine Absicht, Robert?"

Ich schob die Kapuze ein wenig zurück, um sein Gesicht mustern zu
können. Zu meiner Verwunderung lächelte er.
„Ihr wolltet doch, dass er Euch bemerkt, Mina!", meinte er. „Ich habe
es Euch angesehen."
War es möglich, dass Robert mein Vorhaben bereits durchschaut
hatte? Nein, ich durfte nicht zu voreilig an etwas dergleichen denken.
Ich hatte Florestiel wohl wirklich derartig auffällig angesehen.
„Ich hätte nur gerne von ihm erfahren, ob er seinen Unterricht in der
Kräuterkunde fortführen wolle oder nicht. Doch ich habe nicht gewagt,
ihn anzusprechen."
Robert nickte und schien sich mit dieser Antwort zufrieden zu geben,
ohne weiter nachzufragen. Erleichtert atmete ich aus, doch auch
wenn Robert mich nicht durchschaut hatte, hatte er mich daran
erinnert, vorsichtiger zu sein.
Wir verließen den Marktplatz gerade in die Richtung der Gasse, die
zu den Gewölben der Wissenden führte, als ein vorbeihastender
Bursche mich anrempelte, sodass ich unfreiwillig herumgewirbelt
wurde und zurücksah. Schnell packten mich Roberts Hände, bevor
ich stürzen konnte.
„Ist Euch etwas geschehen?", fragte er besorgt, nahm mich wieder
am Arm und zog mich weiter, während ich noch einmal verstört
zurückblickte.
Doch Lucaniel war verschwunden.

Ich wischte mir die Kapuze vom Kopf und schloss die Tür, froh, dass
Robert mir mein Erschöpfen geglaubt hatte und ich nun allein in
meiner Kammer sein konnte. Das war der einzige Weg, ihn nicht in
meiner Nähe zu haben, denn er schlief nicht in meiner Kammer, wie
Lucaniel es getan hatte.
Lucaniel, weshalb war er dort auf dem Marktplatz gewesen? Ich war
mir sicher, dass er es gewesen war – sein Gesicht würde ich niemals
verwechseln. Nur, weswegen war er in Minoor? War er mir gefolgt?
Langsam ließ ich mich auf das Bett sinken, um das Gesicht dort im
Kissen zu verbergen, obwohl es niemanden gab, der die
Verzweiflung aus meinen Augen lesen konnte, wie Robert es stets
getan hatte. Ich selbst war es, die sich davor fürchtete, das Ausmaß
meiner Verzweiflung zu erkennen.
Ich wollte mir nicht eingestehen, dass ich Lucaniel auf dieselbe Weise
verlassen hatte – plötzlich, endgültig und feige – ihn auf dieselbe

Weise verletzt hatte wie er mich. Nur hatte er damals einen
gerechtfertigten Grund dafür gehabt, ich nicht.
Ich wollte mir nicht eingestehen, dass ich ungerecht gehandelt hatte,
dass ich schwächer war als ich zulassen wollte.
Doch am wenigsten wollte ich mir eingestehen, wie sehr ich ihn nach
all dem, was geschehen war, noch immer liebte. Denn, wenn ich es
getan hätte, hätte ich niemals in den Gewölben der Wissenden
bleiben können.

26

„Ihr müsst den Teig kräftiger kneten, Lucas!", mahnte Meister Joland. „Ein halb durchgekneteter Teig nutzt niemandem etwas, einem Bäcker erst recht nicht!"
„Verzeiht!", bat er und tat wie ihm geheißen wurde. Zufrieden nickend sah der Bäckermeister ihm dabei zu.
„Euer Elan gefällt mir äußerst gut, Lucas. Ihr scheint Gefallen an der Arbeit gefunden zu haben", sagte er. „Aus Euch wird eines Tages ein würdiger Bäcker, doch bis dahin müsst Ihr noch einiges erlernen."
„Danke, Meister Joland!"
Lucaniel wischte sich mit dem Ende der Schürze den Schweiß von der Stirn und lächelte. Er hatte tatsächlich Gefallen an dieser Arbeit gefunden, die warme Backstube bereitete ihm Wohlbehagen. Hier war er gefordert, nicht nur ein verstoßener Königssohn, der beherbergt wurde, weil er vielleicht von Nutzen sein konnte. Für Meister Joland war er ein Bursche wie jeder andere und es fühlte sich wunderbar an, wie ein normaler Mensch behandelt zu werden. Selbst die Schwielen an den Händen, die er von den vielen kleinen Verbrennungen am Steinofen bekommen hatte, gefielen ihm in einer seltsamen Weise. Immerhin zeugten sie von selbst verrichteter Arbeit, richtiger Arbeit.
„Ist es so recht?", fragte er. „Oder noch nicht kräftig genug?"
„Nein, so ist es richtig", lobte Meister Joland. „Wenn Ihr mit dem Teig der restlichen Laibe geendet habt, könnt Ihr Euch Euren Lohn abholen. Und dass Ihr mir ja sie Arbeitsfläche reinigt, Lucas!"

„Fräulein Mina!", rief Florestiel fröhlich aus. „Ich bin äußerst erfreut, Euch so gesund und fleißig wie stets zu sehen!"
Ich sah Robert an, der mir nur zulächelte und sich dann der Tür zuwandte. Hatte er etwa dafür gesorgt, dass Florestiel kam? Hatte er sich etwa dafür eingesetzt, dass der Meister mit dem Königshaus in Verbindung trat, damit ich wieder ein wenig Zeit mit dem Prinzen verbringen konnte? Er konnte schließlich nicht übersehen haben, wie viel besser es mir nach den Lehrstunden mit Florestiel gegangen war.
„Wisst Ihr, bei mir im Palast ist es derartig langweilig! Dort gibt es stets das gleiche Geschwätz der Mägde und Zofen, keine interessanten Geschichten!", sagte Florestiel mit der reinen Unschuld

eines Kindes. „Ich bin Euch derartig dankbar, dass Ihr mich wieder unterweisen werdet!"

„Ich danke Euch, mein Prinz! Es ist mir ein Vergnügen", erwiderte ich seine höflichen Worte. „Setzt Euch doch bitte zu mir."

„Ich verlasse Euch nun, Mina. Ihr findet mich im Siechenhaus, wenn Ihr mich sucht!", meinte Robert, verneigte sich ehrerweisend vor uns und ging dann. Die Botschaft, die Florestiel mir mit seinen begrüßenden Worten gegeben hatte, schien er jedoch nicht verstanden zu haben. Ich wartete einen Augenblick, nachdem die Tür zugefallen war, stand dann auf und bedeutete dem erstaunten Florestiel zu schweigen.

„Verzeiht, mein Prinz!", sprach ich laut. „Ich habe vergessen, Robert etwas zu fragen. Wartet kurz hier!"

Mit ein paar Schritten war ich an der Tür, zog sie auf und spähte in den Gang hinaus. Niemand war zu sehen, Robert war tatsächlich fortgegangen, ohne zu lauschen.

„Nun?", fragte Florestiel vom Tisch her. „Ist er fort?"

Nickend schloss ich die Tür wieder und kehrte zu ihm zurück. Der Meister schien mich wohl für derartig naiv zu halten, dass er es nicht als nötig ansah, mich mit dem Prinzen zu belauschen.

„Ich bin Lucaniel begegnet, Maana", eröffnete er plötzlich. „Er hat als Lehrling in einer Backstube begonnen, um in Minoor leben zu können. Er scheint Euch recht verzweifelt zu suchen. Meint Ihr nicht, Ihr solltet einmal mit ihm sprechen?"

Mit seinem Wochenlohn in der Hosentasche begab er sich von der Backstube sogleich auf den Marktplatz, um dort seine tägliche Suche nach den Wissenden fortzusetzen. Zwar war es ihm bisher sogar mehrere Male gelungen, einige von ihnen bei einem Gespräch zu belauschen, doch dabei hatte er kaum etwas Brauchbares gehört. Sie sprachen nicht über Maana.

Lucaniel mischte sich unter die vielen Menschen auf dem Markt und ließ sich von ihnen durch die Gänge zwischen den Karren schieben, nur, um ab und an stehen zu bleiben und sich umzusehen, doch er schien kein Glück zu haben. Nirgends war die Heilerskutte eines Wissenden zu erspähen.

Enttäuscht gab er auf. Es hatte keinen Sinn mehr. Zwar hatte Florestiel ihm verraten, dass Maana ihm versprochen hatte, einmal mit ihm in die Kirche zu gehen, doch das bedeutete nicht unbedingt, dass sie auch tatsächlich in Minoor war. Genauso konnte sie in eine andere Stadt geflohen sein, eine, die auf der anderen Seite des Außenlagers lag, eine, die sich weit entfernt befand, eine, in der alles anders war als in Minoor. Nur weil der junge Prinz glaubte, sie würde zu ihm kommen, musste sie deswegen nicht hier sein! Vielleicht hatte sie sie beide getäuscht, ihn und den Prinzen, damit sie ungestört fliehen konnte.

Nein, derartig hinterhältig war sie nicht. Sie war in Minoor, sie musste einfach hier sein und er würde sie finden, selbst wenn er dafür in die Gewölbe gehen musste.

Ich folgte Robert zwischen die Karren und hob die Kapuze ein wenig an, um mich umsehen zu können. Das Gedrängel der Marktbesucher war wirr und bunt, die Luft roch nach geschmortem Fleisch, frischem Brot, Kräutern und Obst. Die verwirrende Menge an Eindrücken war wunderbar.

„Weshalb wollt Ihr den Prinzen erneut in der Kräuterkunde unterweisen? Er ist keiner von uns", wollte Robert wissen. „Habt Ihr nicht auch ohne ihn bereits genug zu tun, Mina?"

„Es bereitet mir Vergnügen", meinte ich. „In seinem Alter war ich ebenfalls derartig wissensdurstig wie er."

In diesem Moment sah ich ihn in einem Seitengang zwischen den Karren stehen, mit einem Mal einfach da wie am vergangenen Kirchentag. Anscheinend suchte er sehr aufmerksam die Menge auf der anderen Seite des Marktes mit den Augen ab.

Hastig warf ich einen Blick nach vorne. Robert hatte meine Unruhe nicht bemerkt und ging ein kleines Stück vor mir, sodass er nicht gleich mitbekommen würde, dass ich fort war. Ich drehte mich um und lief los. Die Menschen, die ich auf meinem Weg zur Seite stieß, blickten mir schimpfend und grummelnd nach, doch ich wandte mich nicht nach ihnen um, um mich zu entschuldigen.

Dann erreichte ich Lucaniel, packte ihn an der Hand, bevor er begriffen haben konnte was geschah, und zerrte ihn mit mir in die nächste Nebengasse.

„Was soll das?", fragte er wütend, doch sein Ärgernis verflog, als ich die Kapuze zurückschlug.

„Maana!", rief er überrascht aus und hatte mich in die Arme geschlossen, bevor ich etwas hatte sagen können. „Es geht dir gut! Ich bin derartig froh, dich zu sehen! Was tust du hier?"

„Hör zu, Lucaniel!", sagte ich hastig und löste mich von ihm. „Ich habe keine Zeit. Er wird mich bereits suchen, aber –"
„Wer ist er?"
Irritiert sah ich ihn an.
„Robert, einer der Heiler."
„Robert? Der Sohn des Meisters?", entwich es ihm gepresst. Der Griff seiner Hände an meinen Armen wurde mit einem Mal schmerzhaft fest, aber ich konnte ihn nicht abschütteln. Robert war der Sohn des Meisters? Weshalb hatte er mir das nie gesagt? Und wie konnte er dann kaum älter als Lucaniel und ich sein?
„Maana!", fluchte Lucaniel und schüttelte mich als wolle er mich aus einem Traum erwecken, den ich gar nicht träumte. „Maana, hat er dich angefasst? Wenn er dich angefasst hat, dann werde ich ihn –"
„Nein, hat er nicht!", unterbrach ich ihn und warf hastig einen Blick zum Markt hinüber. Inzwischen musste Robert lange festgestellt haben, dass ich nicht mehr hinter ihm war. Ich sollte zurück!
„Du musst Florestiel vertrauen! Er ist der Einzige, der eine Verbindung zwischen uns aufrechterhalten kann, auch wenn du ihn nicht ausstehen kannst!"
Mit einer Mischung aus gerade erst erweckter und kaum besänftigter Eifersucht und großer Verwirrung blickte er mich an. Noch einmal warf ich einen Blick zum Markt hinüber.
„Verzeih mir!", bat ich, hauchte ihm einen Kuss auf die Wange und rannte davon, um Robert wiederzufinden, bevor er mich fand.

27

Wir hatten die Gewölbe gerade erst von der Gasse her betreten, als uns ein aufgeregter Heiler entgegen geeilt kam und Robert beiseite zog, um ihm hastig etwas zuzuflüstern. Ich beobachtete wie Roberts Gesicht sich veränderte – von überrascht zu besorgt und von besorgt zu erschüttert, doch ich sah auch, dass all das nicht echt war. Robert mochte ein begnadeter Täuscher sein, nur lange nicht begnadet genug für jemanden, der wusste, dass er log. Mit einigen zurückgeflüsterten Worten schickte er den Heiler fort, um sich dann zu mir umzuwenden und ich versuchte mich an einem bangen Blick. „Der Meister verlangt nach Euch, Mina", sagte er vorsichtig. „Es ist etwas Schreckliches geschehen!"
Mit ein wenig Mühe schaffte ich es, einen überraschend angsterfüllten Ausdruck in meine Augen zu bringen, als ob ich etwas ahnte, an das ich nicht einmal zu denken gewagt hätte, wenn es nicht das Einzige wäre, das mich hätte zerbrechen können. Der Meister hatte auf Robert gehört, ich hatte gewusst, dass er mich bald zu diesem Gespräch rufen würde und trotzdem war ich seltsam angespannt.
„Kommt", bat Robert sanft und nahm mich am Arm, vielleicht aus Furcht, ich könnte mit einem Mal zusammenbrechen. „Ich kann Euch begleiten, wenn Ihr es wünscht."
„Bitte", brachte ich zaghaft hervor, denn das war es wohl, das er hören wollte, um sicher zu gehen, dass ich ihm vertraute. „Bitte begleitet mich!"

Mit geschlossenen Augen lauschte er dem Rufen eines Vogels, der irgendwo in seiner Nähe im Gras verborgen sitzen musste, wahrscheinlich auf der Suche nach den Samen einer Blume. Ein kühler Herbstwind raschelte durch die fernen Bäume, um die bunt verfärbten Blätter von den Ästen zu schütteln. Ansonsten war es still und doch konnte er sich nicht beruhigen.
Weshalb vertraute Maana sich Robert an? Weshalb blieb sie bei den Wissenden, wenn sie nur zu genau wusste, dass sie sie nur benutzten, um irgendwelche Ziele zu erreichen, die für Minoor niemals gut sein konnten? Sie wusste es, sie wusste es nur zu genau – mit dem Mord an seinem Bruder hatte der Meister sich selbst

verraten. Es gab einfach keinen sinnvollen Grund für sie, dort zu
bleiben, und er wollte nicht mehr länger warten.
Nun, wo er wusste, dass sie tatsächlich in Minoor war, konnte er nicht
jeden Tag mit dem Wissen leben müssen, dass sie an Roberts Seite
war und nicht an seiner! Verstand sie denn nicht, wie gefährlich
Robert war? Er war der Sohn des Meisters, er war wie der Meister –
genauso hinterhältig und verlogen, ohne jegliche Rücksicht darauf,
dass sie eine junge Frau war. Was er wollte, das nahm er sich, das
hatte Lucaniel früh begriffen, nachdem er zu den Wissenden
gekommen war, und er würde es auch jetzt tun. Wenn er Maana
wollte, nahm er sie sich, ganz gleich, ob sein Vater damit
einverstanden wäre.

„Kennt Ihr eine Carla, mein Prinz?"
Erstaunt sah Florestiel von der Schrift auf, die ich ihm gegeben hatte.
„Sie scheint sich im Palast auszukennen und steht mit dem Meister in
Verbindung", sprach ich schnell weiter als wollte ich die Frage
erklären. „Vielleicht weiß sie etwas."
„Mein Kindermädchen hieß Carla", antwortete er nachdenklich. „Und
wenn ich mich recht erinnere, war sie zuvor das Kindermädchen
meines angeblichen Bruders Lucaniel."
Ein zufriedenes Grinsen breitete sich auf seinem kindlichen Gesicht
aus und er nahm ein Stück Papier, wohl in der Absicht, sich eine
Notiz zu vermerken. Dabei schien ihm ein Gedanke gekommen zu
sein, denn er teilte das Papier in zwei Hälften, um mir eine davon zu
reichen. Irritiert sah ich es an.
„Ich werde Lucaniel in der Backstube aufsuchen, in der er als Lehrling
aufgenommen wurde", meinte er, während er mir aufmunternd
zunickte. „Dann werde ich nach seinem Wohlbehalten sehen können
und da Ihr ihn nicht aufsuchen könnt, ohne dass er entdeckt würde,
überbringe ich gerne eine Nachricht von Euch. Ich bin mir sicher,
dass er sich darüber freuen würde!"
Auf irgendeine überzeugende Weise war seine Stimme voller Mitleid
und ich griff mir ein Stück Holzkohle vom Tisch, um jene Worte zu
schreiben, die ich Lucaniel in der verlassenen Nebengasse eigentlich
hatte sagen wollen, jene Worte, für die es einfach noch nicht zu spät
sein durfte. Dann reichte ich den zusammengefalteten Zettel an
Florestiel und beobachtete ihn unruhig dabei, wie er ihn in die Tasche
seiner teuren Jacke steckte.

Ich war mir nicht sicher, ob das hier richtig war, ob die Worte auf diese Weise richtig waren, ob Lucaniel verstehen würde, was ich ihm sagen wollte. Aber ich hatte keine andere Wahl, wenn ich wollte, dass er mich verstand, dass er mir nicht böse nahm, was ich ihm antat – und ich wollte nichts sehnlicher als das. Florestiel war meine einzige Möglichkeit, ihm meine Gefühle mitzuteilen, denn noch ein weiteres Mal konnte ich ihn nicht treffen, noch einmal würde es nicht unentdeckt bleiben. Robert hatte mir bei diesem einen Treffen gerade noch geglaubt, dass die Menge auf dem Markt uns getrennt hätte, doch ein weiteres Mal würde es nicht funktionieren. Dessen war ich mir sicher.

„Ihr seht nicht glücklich aus, Maana!", stellte Florestiel fest. „Soll ich ihm die Nachricht doch nicht überbringen? Schließlich will ich Euch nicht dazu zwingen. Er wirkte nur derartig verzweifelt auf mich, dass ich es nicht unterlassen konnte, Euch um einige Worte für ihn zu bitten. Er macht sich große Sorgen um Euch!"

„Bitte gebt ihm die Nachricht, mein Prinz", erwiderte ich und versuchte besonders sicher in diesen Worten zu wirken. „Sie ist für ihn bestimmt. Ich wollte Euch nicht verunsichern, schließlich habt Ihr Recht. Er muss sich wohl mindestens genauso viele Sorgen um mich machen, wie ich mir um ihn."

Mit schmerzenden Armen warf er die letzte Gabel Stroh vom Heuboden und stieg dann die schmale Stiege hinunter, um den großen Haufen, der sich unten gebildet hatte, auf dem Boden der Scheune zu verteilen. Der Wirt besaß kaum Vieh, weshalb er es auf den Hof hatte bringen und dort anbinden können, ohne sich Sorgen darum zu machen, ob sie sich gegenseitig verschrecken würden. Es war spät am Tag, die Sonne verschwand bereits hinter den Stadtmauern, ein kühler Wind war aufgekommen. Bald würde es Nacht sein, ein Glück, dass er beinahe geendet hatte. Lucaniel führte die Tiere des Wirtes und sein eigenes Pferd in die Scheune an ihren ursprünglichen Platz zurück und eilte dann in das Wirtshaus hinüber, um sich in seine Kammer zurückzuziehen. Schwermütig ging er zu dem kleinen Fenster hinüber, durch das er die Gasse unter sich beobachten konnte. Es tat weh – alleinig das Wissen, dass Maana bei Robert war, schmerzte schlimmer als seine vom heißen Steinofen und der Stallarbeit geschundenen Hände, doch er konnte nichts tun. Sie hatte es gewollt, es war ihre Entscheidung gewesen und wäre sie sich nicht sicher darin gewesen, dass es auf diese Weise richtig war, hätte sie ihm sicherlich zu verstehen gegeben, dass er ihr helfen sollte. Aber das hatte sie nicht – sie wollte keine Unterstützung.

Lucaniel wusste nicht, was schlimmer war, der Schmerz darüber, sie an jemanden verlieren zu können, der sich nicht um sie kümmern würde, wenn er sie erst einmal besaß – oder die Möglichkeit, dass sie ihn gar nicht mehr wollte, ihn längst von sich gestoßen hatte, sich langsam auf einem kaum merklichen Weg von ihm entfernt hatte, um einen anderen Menschen in ihr Leben zu lassen.

„Schreinerssohn?"

Die Stimme des greisen Wirtes ließ ihn aus seinen wütend trüben Gedanken schrecken und er wischte sich hastig die Augenwinkel trocken, die von der Ungerechtigkeit seiner Lage mit Tränen überzulaufen drohten.

„Schreinerssohn? Seid Ihr da?", fragte der Wirt vom Gang her. „Euer Abendmahl steht bereit."

Tief seufzend wandte Lucaniel sich vom Fenster ab, um mit ein paar Schritten an der Tür zu sein und dem Wirt in den Schankraum hinab zu folgen. Was brachte es ihm denn schon, Fremde wie den Wirt seine Probleme bemerken zu lassen?

28

In der Backstube herrschte reger Betrieb, während Lucaniel frische Brote hineinbrachte. Joland bedeutete ihm mit einem knappen Kopfnicken, wo er die heißen Brotlaibe abzulegen hatte und er gehorchte. Gerade wollte er sich wieder zum Steinofen zurückziehen, um dort weitere Laibe in die Hitze zu schieben, als die Tür der Backstube aufschwang und ein fröhlicher Junge in einfachen Straßenkleidern eintrat. Nicht einmal er selbst, der es geliebt hatte, durch die Gassen der Stadt zu streifen, hatte es als Prinz gewagt, solch einfache Kleider anzulegen, schmutzig wie sie waren. So sehr er Florestiel auch verabscheute, der junge Prinz überraschte ihn.

„Guten Tag, Bäckermeister!", grüßte Florestiel munter. „Gebt mir einen Laib."

„Hast du denn überhaupt Geld dabei?", brummte Joland, der nicht zu ahnen schien, mit wem er gerade sprach. Florestiel zog drei goldene Münzen hervor und reichte sie über die Ladentheke hinweg.

„Gut", sagte Joland und steckte das Geld schnell in seine Münztruhe unter der Arbeitsfläche. „Du bekommst dein Brot. Lucas, gebt ihm eines von den warmen, er kann es zahlen."

Eilig kam Lucaniel zur Theke vor. Maana hatte ihn gebeten, dem jungen Prinzen zu vertrauen, dieses würde der erste Versuch sein, dem nachzukommen.

„Lucas heißt Ihr?", fragte Florestiel in einem naiven Ton. „Ihr seid neu hier, nicht wahr?"

„Ja", antwortete er, nahm eines der warmen Brote, die er soeben aus dem Steinofen geholt hatte und überreichte es ihm. Florestiel, der während dessen einen Leinenbeutel hervorgezogen hatte, nahm es mit einem breiten Lächeln entgegen. Dabei spürte Lucaniel mit einem Mal ein kleines Stück Papier in seiner Hand. Hastig ließ er es in der Hosentasche verschwinden.

„Habt Dank, Lucas", sagte Florestiel und verließ die Backstube, ohne sich etwas von einem Prinzen, der gerade eine geheime Nachricht weitergereicht hatte, anmerken zu lassen.

„Meint Ihr nicht, Ihr solltet Euch erst einmal einige Tage ausruhen, Mina?", fragte Robert besorgt. „Die Umstände müssen doch sehr belastend sein, da solltet Ihr Eure Arbeit vielleicht für kurze Zeit aussetzen, um wieder zu Kräften zu kommen!"

Ich trieb den Klöppel in die Steinschale und zermahlte eine Handvoll
getrockneter Sommerblumen, die inzwischen sicherlich nicht mehr
auf den Wiesen zu finden waren, nun, wo es stetig kälter wurde.
Dabei würdigte ich Robert keines Blickes, ganz als hätte ich nicht
gehört, was er gesagt hatte.
„Mina!", mahnte er und trat näher an mich heran. „Sprecht mit mir,
ansonsten werde ich mir nur noch größere Sorgen um Euch machen
und Euch dazu zwingen, Euch auszuruhen!"
„Diese Arbeit ist alles, das mir geblieben ist, Robert", meinte ich kühl,
dabei war es nicht die Wahrheit. Noch hatte ich Hoffnung – noch
hatte ich Florestiel, meinen Bruder, und irgendwo dort draußen in der
Stadt war Lucaniel. Nein, noch hatte ich nicht alles verloren.
„Alles? Diese Arbeit ist alles, das Euch geblieben ist?", wiederholte er
ungläubig. „Und ich? Was ist mit mir? Habt Ihr mich etwa auch
verloren, ohne dass ich selbst es bemerkt habe?"
Ein letztes Mal trieb ich den Klöppel in die Steinschale, dann legte ich
ihn beiseite, um die zerkleinerten Blumen in ein anderes Gefäß
umzufüllen, in dem ich sie später mit anderen Kräutern mischen
konnte.
„Nein, Robert. Wenn ich dich verloren hätte, wärst du wohl nicht hier",
sagte ich nachdenklich. „Verzeih mir! Ich war ungerecht!"
„Es ist in Ordnung", seufzte er, wobei er mir eine Hand auf die
Schulter legte als wolle er mich beruhigen. „Ihr macht gerade eine
schwere Zeit durch. Ich kann Euch verstehen."
„Danke, Robert. Du bist viel zu nachsichtig mit mir, aber ich werde
trotzdem nicht ruhen. Bitte sorg dich nicht um mich, Großvater hätte
nicht gewollt, das ich seinetwegen schwach bin!"

„Warte auf mich"
Diese drei Worte standen in Maanas wunderschön geschwungener
Handschrift auf dem Stück Papier, das er nun behutsam
zusammenfaltete und zu einem ersparten Geld in die kleine
Holzschachtel legte, die er auf dem Markt für ein paar Groschen
erstanden hatte. Sorgsam schob er sie unter die Matratze des Bettes
zurück und versicherte sich mehrmals, dass sie nicht zufällig von
jemandem gefunden werden konnte, der sich vielleicht in diese
Kammer verirrte. Gegen einen Dieb wäre dieses Versteck kein großer
Schutz, doch Lucaniel hoffte inständig, dass ein Dieb sich nicht für
die Nachricht interessieren würde. Den Verlust des Geldes konnte er

notfalls verkraften, doch der kleine Fetzen Papier war für ihn weitaus wertvoller.

„Warte auf mich"

Die Worte gaben ihm etwas zurück, das er an jenem Tag verloren hatte, an dem Maana ihn im Außenlager der Wissenden zurückgelassen hatte – die Hoffnung darauf, dass es noch nicht zu spät war, dass sie ihn doch noch wollte. Er war bereit, auf sie zu warten und doch verspürte er gleichzeitig den verzweifelten Wunsch, dass es nicht allzu lange andauern würde, dieses Warten. Alles, das er hätte tun können, um sie wiederzusehen und endlich bei sich zu haben, hätte er getan, wenn sie es nur zugelassen hätte. Denn so vielversprechend und Gewissheit gebend ihre Nachricht auch sein mochte, sie sagte ihm auch, dass er nichts tun durfte – sie wollte alles auf ihre eigene Weise lösen, ganz ohne ihn, was auch immer sie bei den Wissenden noch verfolgte.

Ich hielt die Augen fest geschlossen und lauschte darauf, wie Robert die Tür hinter sich schloss und zu meinem Bett herüber kam. Beinahe hätte ich schaudern müssen, konnte es aber gerade noch unterdrücken, denn ich spürte wie Robert sich über mich hinabbeugte, derartig tief, dass sein Atem meine Wange streifte. Was tat er da? Weshalb kam er des Nachts in meine Kammer? Hatte der Meister es ihm befohlen?

Es kostete mich eine Menge Überwindung, nicht die Augen zu öffnen, während Robert sich wieder aufrichtete. Was sollte ich tun? Lucaniels erschreckend eifersüchtige Worte fielen mir wieder ein. Was, wenn er Recht hatte? Was, wenn Robert sich jede Nacht in meine Kammer schlich, um mich anzufassen, während ich schlief? Der bloße Gedanke daran bereitete mir Übelkeit. Doch, würde er etwas dergleichen wagen? So hinterhältig und verlogen Robert auch sein mochte, er zeigte stets großen Respekt vor Frauen – echten Respekt – es wäre gegen seine Ehre gewesen, etwas Unerhörtes wie das hier zu tun.

Ruhig blieb ich liegen. Er würde mir nichts antun, er war aus einem anderen Grund hier. Das zumindest hoffte ich.

„Verzeiht mir, Mina", flüsterte er plötzlich und eine Hand strich zaghaft einige Haare von meinem Gesicht, sodass es nun gänzlich zu sehen sein musste. Roberts Stimme klang seltsam anders, weicher, vielleicht sogar ein wenig verzweifelt, und doch war es ganz eindeutig

seine. Was auch immer hier gerade geschah, ich war mir mit einem
Mal sicher, dass es nicht im Sinne des Meisters sein konnte.
„Verzeiht!", flüsterte Robert noch einmal. „Es hätte niemals so weit
kommen dürfen!"

Die Menschen drängten sich in einer laut wuselnden, aber dennoch
befremdlich fließenden Menge vorbei und es war unmöglich, eine
einzelne Person zu beobachten. Lucaniel behielt den Ausgang der
Gasse fest im Blick. Früher oder später mussten schließlich einmal
einige Wissende die Gewölbe verlassen und wenn sie nicht alle aus
der Stadt wollten, mussten sie aus dieser Gasse herauskommen,
einen anderen Weg gab es nicht.
Ungeduldig trat er von einem Fuß auf den anderen. Es war kalt
geworden in den letzten Tagen und seine dünnen Lederschuhe
wärmten nicht genug, um seine Zehen vor dem kalten Pflaster zu
schützen, doch bisher hatte er sich mit dem Kauf von Fellschuhen
zurückhalten können, weil sein erspartes Geld dann um eine
beträchtliche Menge geschrumpft wäre. Er würde sich noch eine
Weile mit diesen Schuhen begnügen müssen, denn es gab derzeit
wichtigere Dinge. So wie Maana...
Seufzend gab er seinen Beobachtungsposten an einer Hauswand auf
und ließ sich von der vorbeiwuselnden Menge auf den Marktplatz
treiben. Es hatte keinen Sinn, noch länger auszuharren, wenn er
wusste, dass Maana tatsächlich in der Stadt war. Genauso gut
konnte er die wöchentliche Stallarbeit im Wirtshaus bereits an diesem
Tag erledigen und wieder hierher zurückkehren, wenn Kirchentag war
und die Möglichkeit, Maana zu sehen, größer war. Ja, so wäre es
besser.

29

„Ich habe meine Zofe Carla ein wenig beobachten lassen, Maana“, sagte Florestiel, kaum hatte ich sichergestellt, dass niemand lauschte. „Sie scheint tatsächlich mit Eurem steten Begleiter Robert Heilerssohn in Verbindung zu stehen.“
Vor Erstaunen unfähig zu antworten ließ ich mich auf meinen Stuhl sinken. Robert stand also mit jener Zofe des Prinzen in Verbindung, die einst Lucaniels Kindermädchen gewesen war. Meine Vermutung war folglich richtig gewesen. Nur, wann fand er noch die Zeit, sich mit ihr zu treffen, wenn er beinahe immer bei mir war?
„Was meint Ihr, könnte dahinterstecken?“, wollte Florestiel nachdenklich wissen. „Sicherlich weiß sie etwas, aber wozu benötigt der Meister sie, wenn er die Wahrheit selbst zu kennen scheint?“
„Er will es auffliegen lassen!“
Der Gedanke war derartig einleuchtend, dass ich beinahe Angst hatte, ihn überhaupt auszusprechen, doch er kam mir mit einer erstaunlichen Leichtigkeit über die Lippen, sodass ich mich am liebsten selbst dafür gescholten hätte. Auf Florestiels Gesicht trat ein kaum merklicher Anflug von Missfallen, doch er schien mir für diesen Gedanken keineswegs böse zu sein. Vielmehr schien er angestrengt über diese Möglichkeit nachzudenken.
„Nun“, begann er zögerlich. „So weit sollten wir es nicht kommen lassen, Maana!“
Bei seinen letzten Worten fiel mir schlagartig der nächtliche Besuch von Robert wieder ein, den ich bisher erfolgreich verdrängt hatte – sein seltsames Verhalten, seine ungewohnt schuldbewusste Stimme in meinem Ohr. Er hatte etwas Ähnliches gesagt, etwas sehr Ähnliches, und ich war mir plötzlich sicher, dass Florestiel davon wissen sollte.

Robert blieb lange fort, nachdem er Florestiel aus den Gewölben geleitet hatte und ich genoss die Ruhe, die seine Abwesenheit mir gab. Zwar war auch er einer der Heiler im Siechenhaus und deshalb an seine Aufgaben dort gebunden, doch selbst dort lagen unsere Bereiche mit Betten direkt nebeneinander und ich genoss das Gefühl, seinen Blick nicht fühlen zu müssen, wie er mir folgte, wie er regelrecht an mir haftete als wolle Robert sich jede meiner Bewegungen einprägen.

Ich erledigte meine täglichen Untersuchungen und kehrte dann in meine Kammer zurück, immer noch allein. Was auch immer Robert trieb, es schien ihn aufzuhalten – wahrscheinlich traf er sich gerade mit dieser Carla oder hatte ein wichtiges Gespräch mit dem Meister. Ich setzte mich an den Tisch, um mir einige Aufzeichnungen zu machen, dabei hatte es an diesem Tag keine bemerkenswerten Fortschritte bei den Siechenden gegeben, die ich betreute. Ich suchte lediglich nach einer Aufgabe, nach etwas, das mich ablenkte. Doch es half nichts.

Lucaniel drängte sich selbst in die kleinste Lücke, die ich in meinen Gedanken zuließ, schlüpfte durch den kleinsten Spalt in der Barriere, die ich zu schaffen versucht hatte, und vertrieb alles andere, an das ich gerade noch gedacht haben mochte, vollends aus meinem Kopf. Ich konnte nicht anders – ich sah ihn vor mir, nun, da Robert fort war und ich allein in der leeren Kammer saß. Das Wissen, dass er in der Stadt war, dass er in die Lehre bei einem Bäcker gegangen war, dass er alles aufgegeben hatte, nur um mir nahe zu sein, verzehrte mich, zerfraß meinen Willen wie eine Made, bis nichts mehr davon übrig blieb als ein schwacher, zerbrechlicher Rest, für den es nicht einmal eine Windböe benötigt hätte, um ihn zunichte zu machen. Vollkommen ruhig stand ich von meinem Stuhl auf, trat auf den Gang hinaus und zog mir die Kapuze der Heilerskutte über den Kopf. Ganz gleich wie lang der Weg meiner Suche sein mochte, ich würde Lucaniel an diesem Tag finden, ich würde mit ihm sprechen, würde bei ihm sein und er bei mir. Nichts konnte mich jetzt noch davon abhalten, dessen war ich mir sicher.

Lucaniel trieb sein Pferd aus den Toren der Stadt. Seine Arme, von der Stallarbeit noch ganz schwer, wollten die Zügel nicht richtig führen und so ließ er es bald bleiben, denn das Pferd würde den Weg auf die Wiesen auch ohne ihn finden. Die kühler werdende Herbstluft schnitt in die Haut an Fingern und Wangen, eine auffallende Röte stahl sich in die gepeinigten Stellen. Doch es machte ihm kaum etwas aus, immerhin schien die Hitze des Steinofens ihn nicht verweichlicht zu haben. Ein mattes Grinsen schlich sich bei dem Gedanken auf seine Züge, während das Pferd in vollem Galopp dem grünen Wogen der Wiesen entgegeneilte, wohl auf eine ausreichende Mahlzeit hoffend.

Morgen war Markttag in Minoor. Morgen würde er wieder Ausschau
nach Maana halten, damit er ihr vielleicht in die Kirche folgen konnte.
Sie musste ja nichts von seiner Nähe bemerken, schließlich sollte
Robert ihn nicht entdecken. Alleinig ihr Anblick und das Wissen, dass
es ihr für die vorherrschenden Umstände gut ging, sollten ihm erst
einmal genügen. Dann konnte er einige weitere Tage geduldig auf sie
warten, wenn er nicht sogar eine ganze Woche bis zum folgenden
Markttag ertragen konnte, um sie dann wiederzusehen.
Lucaniel hatte nach langem Überlegen beschlossen, ihrem Wunsch,
nichts zu unternehmen, zumindest so lange nachzukommen, wie er
keine Gefahr für sie sah. Doch dafür würde er umso fester mit dem
jungen Prinzen in Kontakt treten müssen – einen anderen Weg sah er
nicht.

Der Hund knurrte mich an. Unwillkürlich wich ich zurück, doch hinter
mir war nur die solide Mauer eines Hauses. Ich hätte mich sicherlich
einfach herumdrehen und die Gasse hinunter laufen können, doch
vor Furcht war ich unfähig, mich zu bewegen. Hatte ich nicht einmal
geglaubt, diese streunenden Hunde könnten mir keine Angst
bereiten, weil die Stille alles war, vor dem es mich grauste?
Nun, ich musste mich darin eindeutig geirrt haben, denn dieser Hund
war das Angsteinflößendste, dem ich seit langem gegenüber
gestanden hatte. Seine gefletschten Zähne, das vor Dreck borstige
Fell, die drohenden Laute. Ich konnte meinen Blick nicht von ihm
abwenden, während mein Herz panisch zu rasen begann und alles in
mir danach schrie, fort zu laufen und ich es dann doch nicht tat. Und
der Hund wusste, dass er mich in die Enge getrieben hatte. Ich sah
es seinen dunklen Augen der blitzenden Gier an – er wusste, dass er
gewonnen hatte. Ein letztes Mal knurrte er bedrohlich und Schleim
tropfte ihm von den Lefzen.
Dann sprang er mich an.

30

„Aus dem Weg!"
Wie aus einem bösen Traum erweckt warf ich mich zur Seite und schlug hart auf das schmutzig nasse Pflaster der Gasse, während der Hund mit einem wütenden Jaulen gegen die Wand prallte, an der ich gerade noch gestanden hatte.
„Verschwinde, elende Töle! Verschwinde!", rief Robert zornig und schlug mit einem Stock nach dem Hund, der noch ein letztes Mal knurrend die Zähne fletschte und dann eilig verschwand. Mit einer energischen Bewegung warf Robert den Stock zu Boden, wo er zerbrach, und wandte sich dann zu mir um. Ich hatte erwartet, dass er aufgebracht sein würde, ungehalten über mein unerlaubtes Fortgehen, doch vielmehr schien er aufrichtig besorgt zu sein.
„Hat er Euch gebissen, Mina?", fragte er und ich schüttelte den Kopf, viel zu verwirrt, um antworten zu können.
„Dann ist es gut!", brachte er erleichtert hervor. „Könnt Ihr aufstehen?"
Ich nahm die Hand an, die er mir hinhielt, und Robert half mir auf.
„Danke", sagte ich und er lächelte unsicher.
„Ich hätte mich jederzeit vor die Töle geworfen, wenn Ihr dafür nicht verletzt würdet!", meinte er dann. „Bedankt Euch nicht für solch selbstverständliche Dinge, Mina."
Ich leistete keinen Widerstand, als er mich auf die Gewölbe zuführte. Da war etwas Seltsames in seiner Stimme gewesen, etwas, das dort nicht hingehörte, wenn er mich nur ein weiteres Mal mit süßlichen falschen Worten umsponnen hätte – Reue.

Lucaniel stand am Fenster und sah auf die Gasse hinab. Die Sonne war noch lange nicht aufgegangen und obwohl er an diesem Tag nicht in die Backstube gehen musste, war er zu der gewohnten Zeit aufgewacht. Meister Joland hatte wegen eines dringenden Familienzusammentreffens in eine mehrere Tagesritte entfernte Stadt reisen müssen, die Backstube würde bis zu seiner Rückkehr in beinahe einer Woche geschlossen bleiben.
Unentschlossen wandte er sich ab und entschied sich dann doch dagegen, sich noch einmal hinzulegen. Stattdessen würde er sein Pferd aus dem Stall holen und einen morgendlichen Ausritt unternehmen, bevor er sich zur Messezeit auf den Marktplatz begab.

Ohne Eile kleidete er sich an, stieg die Stiege in den Schankraum hinab und trat dann auf die Gasse hinaus.

Bereits zu dieser frühen Stunde wehte der Geruch von gegartem Fleisch vom Marktplatz herüber und Lucaniel erinnerte sich mit einem Mal an jenen Tag, an dem er sich aus dem Palast geschlichen hatte, um nur ein einziges Mal einer Ketzerverbrennung beizuwohnen. Die Königin, damals noch seine Mutter, hatte es ihm stets verboten, weil er sich der Öffentlichkeit nicht hatte zeigen sollen. Er erinnerte sich noch genau daran, wie sehr das brennende Fleisch gestunken und gequalmt hatte – das Fleisch der Ketzerin, die gebetet hatte. Er erinnerte sich noch genau daran, wie er damals fortgelaufen war, verstört und abgestoßen von dem Geschehen, wie er zurück in den Palast zu seiner Mutter geflohen war. Er erinnerte sich noch ganz genau daran, wie sie ihm versicherte, es wäre das letzte Mal in Minoor gewesen, dass ein Ketzer brannte und wie sie dann gelächelt hatte – voller Zufriedenheit und Genugtuung. Damals hatte er diesen Ausdruck des Sieges in ihrem Gesicht nicht verstanden, doch nun ergab alles einen Sinn...

Mit einem entsetzten Wimmern stolperte Lucaniel in den Hinterhof des Wirtshauses und erbrach sich. Er hatte seiner eigenen Mutter beim Verbrennen zugesehen, ohne zu wissen, was geschah.

Ich sah mich um, doch Lucaniel schien nicht auf dem Marktplatz zu sein, zumindest nicht hier, wo ich stand, und das Gedrängel war so dicht, dass ich nicht weit sehen konnte.

„Ist etwas geschehen, Mina?", fragte Robert, der bemerkt zu haben schien, dass ich nach etwas oder jemandem suchte. „Ihr solltet Euch nicht ablenken lassen, wir sind in Eile."

Verwundert folgte ich ihm durch die Menge. Weshalb drängte er derartig, wenn die Messe erst in einiger Zeit beginnen würde. Wir waren an diesem Kirchentag sogar früh aus den Gewölben aufgebrochen, ungewöhnlich früh. Wenn wir also derartig in Eile waren wie Robert behauptete, dann konnte sein Ziel unmöglich die Kirche am Markt sein, denn dort wären wir selbst dann noch rechtzeitig angelangt, wenn wir die Ware der Händler eingehend betrachtet hätten. Doch, wohin führte er mich dann?

Etwas wie Angst stieg in mir auf. Ich vertraute Robert nicht, wie sollte ich denn auch nach dem, was geschehen war – nachdem er mich verraten hatte, damals, vor meiner Flucht aus Minoor? Zwar war ich

mir sicher, dass er mir niemals etwas antun würde und trotzdem
fürchtete ich mich – so sehr, dass ich wünschte, Lucaniel wäre genau
in diesem Moment bei mir, würde plötzlich aus der Menge
auftauchen, um mich mit sich zu nehmen. Noch einmal ließ ich
meinen Blick über die Menschen an den Karren gleiten, doch er war
nicht unter ihnen.
Wir überquerten den Marktplatz und gingen eine belebte Straße
entlang, wahrscheinlich eine von jenen, die zu einem der Stadttore
führte. Auf diesem Weg kam man in Minoor zu keiner der Kirchen.
„Wohin bringst du mich, Robert?"
Die Worte waren über meine Lippen geflossen, bevor ich darüber
nachgedacht hatte, ob ich das Ziel überhaupt wissen wollte, wenn es
sein konnte, dass ich mich dann nur umso mehr fürchten würde.
„Denkst du, ich würde es nicht bemerken, wenn du mich nicht dorthin
geleitest, wo ich angelangen möchte?", sprach ich weiter, ehe er sich
nach mir umgewandt hatte. „Ich mag mich in dieser Stadt vielleicht
nicht auskennen, doch ich bin nicht derartig fremd hier, dass ich nicht
weiß, wo die Kirchen liegen. Immerhin habe ich inzwischen alle
besucht. Sag, wohin bringst du mich?"

Lucaniel zügelte sein Pferd ein wenig, als er sich dem Stadttor
näherte, denn wie an allen Markttagen hatte sich vor dem Tor eine
Ansammlung von Siedlern aus dem Umland gebildet, die darauf
warteten, in die Stadt gelassen zu werden. Die Schlange der
Wartenden bewegte sich nur langsam voran und Lucaniel war froh,
dass es noch ein wenig Zeit bis zum Beginn der Messe war. Sonst
hätte er es sicherlich nicht mehr rechtzeitig geschafft.
Kaum war er durch das Stadttor hindurch, trieb er sein Pferd durch
die gefüllten Straßen zum Wirtshaus und brachte es eilig in den Stall,
um sogleich wieder loszulaufen.
„Schreinerssohn!"
Der Wirt stand in der Tür des Wirtshauses, einen alten Lappen in den
Händen. Nur widerwillig blieb er stehen.
„Guten Morgen, Schankmeister!", grüßte er hastig. „Verzeiht, aber ich
bin in Eile."
„So sehr, dass Ihr Euer Morgenmahl scheut?", fragte der Wirt. „Nein,
Schreinerssohn, das glaube ich Euch nicht. Zudem seht Ihr ein wenig
blass aus."

„Es geht mir gut. Entschuldigt mich nun bitte, ich werde später speisen.“

Ohne darauf zu achten, dass der greise Wirt etwas erwidern wollte, lief er die nächste Gasse hinunter davon. Vom Markt her erklang das Läuten der Kirchenglocken – es dauerte nicht mehr lange, bis sich die Türen zur Messe schlossen, beim letzten Glockenschlag würden sie zu sein!

Lucaniel stieß einige Markbesucher beiseite und stürzte beinahe dabei, konnte sich jedoch gerade noch fangen. Strauchelnd eilte er weiter, als er mit einem Mal Maanas Stimme zu vernehmen glaubte – aus der Richtung, aus der er gerade gekommen war.

31

Ich trat in den spärlich von Sonnenlicht erhellten Raum hinter der alten Tür, die Robert für mich geöffnet hielt, und verharrte einen kurzen Moment, bis sich meine Augen an die dämmrige Atmosphäre gewöhnt hatten. Das Haus, oder vielmehr die heruntergekommene Ruine eines Hauses, schien nicht bewohnt zu sein, obwohl es sicherlich eine erschwingliche und ausreichende Unterkunft für ärmere Menschen in Minoor gewesen wäre, denn zumindest das Dach war noch intakt.

„Was wollen wir hier, Robert?", fragte ich und obwohl ich mir eben auf der Gasse noch vorgenommen hatte, genau das nicht zu sein, klang ich unsicher. „Findest du nicht, du könntest mir endlich verraten, was du mit mir vorhast?"

„Wie ich eben bereits sagte, Mina. Vertraut mir einfach! Ich würde Euch niemals etwas gegen Euren Willen antun."

Er schob mich weiter, tiefer in den staubig dreckigen Raum hinein und auf eine weitere Tür an seinem Ende zu. Insgeheim nahm ich all meinen Mut zusammen, um das ungute Gefühl der Unsicherheit aus mir zu verbannen. Wenn das hier eine Prüfung meines Vertrauens zu ihm sein sollte, dann musste ich sie auf jeden Fall bestehen. Was auch immer danach kommen würde, ich mochte Robert zwar niemals heiraten können, doch die Gefahr, den aus Hinterhältigkeit geplanten Antrag zu erhalten, die konnte ich durchaus eingehen.

„Hier hinein!", raunte Robert mir zu, während er sich vor mir durch die Tür schob. „Es ist nicht mehr weit."

Wir gingen einen Gang entlang, dessen Boden von alten Tierknochen – wahrscheinlich alles Opfer der Ratten – und Steinen übersät war, die aus den Wänden gebröckelt zu sein schienen. Schließlich ging es auf einen verlassenen Hinterhof hinaus, auf dem ein junger Baum dem Himmel entgegenwuchs, sein Laub lag bunt gefallen über den ganzen Hof verteilt.

„Dort ist es!", hörte ich Robert erleichtert vor mir seufzten. „Ich hoffe, er ist schon gekommen, denn wir haben nicht mehr viel Zeit bis zum Ende der Messe!"

„Wer sollte uns an einem solchen Ort erwarten?"

„Ihr enttäuscht mich, mein Fräulein Heilerin!"

Eine Gestalt war aus dem Schatten eines weiteren Hauses getreten, um auf uns zuzukommen und die Kapuze ihres Mantels zurückzuschlagen.

„Wer außer mir sollte Euch denn sonst hier erwarten, Maana?"

Sie waren zu dritt. Der alte Hinterhof schien ein geheimer Ort zu sein, an dem sie sich offen mit dem Prinzen treffen konnten.

Lucaniel unterdrückte ein leises Fluchen. Wäre Robert nicht dabei gewesen, hätte er sich zeigen können, doch so war das viel zu gefährlich. Niemand von den Wissenden durfte erfahren, dass er in Minoor war. Der Meister würde sogleich wissen, dass er Bescheid wusste, dass Maana Bescheid wusste. Nein, diese Gefahr durfte er nicht eingehen.

„Bitte erschreckt nicht, Mina!", hörte er Robert sagen. „Mein Vater ist zu weit gegangen. Das kann ich nicht länger dulden. Von nun an bin ich nur Euch ergeben."

„Ich verstehe nicht", begann Maana, doch der junge Prinz unterbrach sie sogleich wieder als hätte er geahnt, dass sie etwas dergleichen sagen würde.

„Wusstet Ihr, dass Euer Meister Euch mit ihm vermählen will?" Erschrocken zuckte Lucaniel hinter der bröckelnden Wand zusammen, die er als Versteck nutzte. Maana sollte Robert heiraten? Niemals, das konnte er nicht zulassen – das konnte sie einfach nicht über sich ergehen lassen wollen!

„Nun ja", setzte sie zögernd an und wurde noch ein weiteres Mal unterbrochen.

„Aber es ist nicht deshalb, dass er sich gegen seinen Vater wendet", setzte Florestiel fort und Lucaniel konnte es nicht lassen, hinter der Wand hervor zu spähen, um sie sehen zu können.

„Mein Vater nimmt sich die Dinge, ohne darauf zu achten, dass andere Menschen dabei zu Schaden kommen könnten. Selbst seine eigene Familie ist ihm dabei gleich."

Diese Worte aus Roberts Mund zu hören, war ein wenig seltsam, denn genau dieses Bild hatte Lucaniel von Robert selbst. Er konnte sich unmöglich all die Jahre in ihm getäuscht haben und weshalb sollte Robert ihm die ganze Zeit lang, die er bei den Wissenden verbracht hatte, etwas vorgetäuscht haben? Oder gab es da etwas, das er nicht bemerkt hatte, etwas, das Robert gegen ihn aufgebracht haben konnte?

„Wir sollten uns zu einem gemeinsamen Ausritt treffen", schlug
Florestiel vor. „Dann können wir Genaueres besprechen. Ich werde
Eurem Meister eine Einladung zukommen lassen."
Aus der Ferne wehte der Klang der Kirchenglocken herüber. Die
Messe war vorbei, Maana und Robert würden gleich aufbrechen
müssen. Lucaniel sah sich um, fand einen Vorsprung, hinter dem er
sich verstecken konnte, und schlich hinüber. Tatsächlich
verabschiedeten sich die Beiden hastig von dem jungen Prinzen und
kamen zu dem Haus herüber, um wieder auf die Gasse zu gelangen
und dann wohl in die Gewölbe zurückzukehren. Er hielt den Atem an,
als sie an ihm vorbeigingen. Sie waren derartig dicht, dass er nur die
Hand hinter dem Vorsprung hätte ausstrecken müssen, um Maana zu
berühren. Dann waren sie fort und nur Florestiel stand noch unter
dem blätterlosen Baum auf dem Hof.
Entschlossen kam Lucaniel aus seinem Versteck hervor und trat aus
dem heruntergekommenen Haus. Schließlich hatte er noch eine
Abmachung mit dem Prinzen zu treffen.

Ich hatte mich wie beim letzten Lauschen gegen die Wand neben der
Tür zur Kammer des Meisters gelehnt, die Kapuze tief in mein
Gesicht gezogen. Es war dunkel auf den Gängen. Die Lampen waren
bereits gelöscht worden und nur der schwache Lichtschimmer, der
unter manchen Türen hervorkroch, hatte mich den Weg bis hierher
finden lassen.
„Nun, irgendetwas Auffälliges während der heutigen Messe?", fragte
der Meister und ich jubilierte innerlich, denn ich schien gerade im
richtigen Moment angekommen zu sein. Jetzt würde sich
herausstellen, ob Robert tatsächlich die Seiten gewechselt hatte,
oder Florestiel und mich nur hatte täuschen wollen.
„Keine Auffälligkeiten an diesem Tag. Sie scheint den Tod ihres
Großvaters allmählich zu verkraften", berichtete Roberts Stimme und
auf eine verwunderliche Weise erleichterten seine Worte mich. „Ich
bin mir nur nicht sicher, ob sie mir all ihre Trauer gezeigt hat. Ihr
wisst, dass sie ihre Gefühle ungern anderen Menschen anvertraut,
auch wenn sie ihr nahestehen."
„Ich verstehe", brummte der Meister und schien einen Moment zu
überlegen. In der kurzen Stille hörte ich seine Finger auf den Tisch
trommeln und ich war mir sicher, dass er besorgt um sein Vorhaben

war. Wahrscheinlich schritt es nicht so sehr voran, wie er es sich erhofft hatte.

Angespannt lauschte ich dem unsteten Geräusch und war zur selben Zeit zutiefst erleichtert. Robert hatte die Wahrheit gesagt, als er behauptete, er habe sich von seinem Vater abgewandt, ansonsten hätte er sogleich von dem geheimen Treffen mit Florestiel erzählt. Doch er hatte es nicht, er hatte den Meister sogar mit der Messe belogen, die wir an diesem Tag gar nicht besucht hatten.

„Ist sie bereit für den Antrag, Robert?", fragte der Meister schließlich.

„Nein, lasst mir noch ein wenig Zeit, um ihr näher zu kommen. Dann ist es sicherlich bald soweit. Vertraut mir, ich werde sie bald vollends gewonnen haben."

„Gut", sagte der Meister und ich war froh, dass ich dieses unangenehme Gespräch noch ein wenig später würde ertragen müssen – ich konnte Robert nicht heiraten, ich gehörte Lucaniel und vielleicht wusste Robert das sogar.

„Aber vergiss nicht, sie darf die Wahrheit bis zum Ende nicht erfahren! Und mach Carla bereit."

„Maana wird kein Wort von mir erfahren, Vater. Verlasst Euch auf mich!"

32

„Hier, Schreinerssohn. Das habt Ihr Euch wahrlich verdient!"
Mit einem annähernd zahnlosen Lächeln stellte der Wirt eine
Schüssel dampfenden Eintopfs auf den Tisch und reichte ihm einen
Löffel. Beinahe gierig machte Lucaniel sich darüber her, denn er
fühlte sich als hätte er eine Ewigkeit nichts zu sich genommen und
obwohl ihm noch immer ein wenig übel war, schmeckte ihm die
Mahlzeit.
Der greise Wirt zog sich einen Schemel heran, um sich zu ihm zu
setzen. Im Schankraum herrschte kaum Betrieb, es schien er
geruhsamer Abend zu werden.
„Sagt mir, weshalb Ihr diesen Morgen Euer Mahl gescheut habt. Ich
hoffe doch sehr, dass Ihr nicht in Sorge oder gar in Not seid."
„Habt Dank für Eure Bemühungen, Schankmeister, doch mir fehlt
nichts. Ich war lediglich in Eile", entgegnete Lucaniel, während er den
letzten Rest Eintopf aus der Schüssel schöpfte, doch der Wirt ließ
sich davon nicht beirren. Er schien genau zu ahnen, was in ihm
vorging und diese Tatsache erschreckte Lucaniel ungemein. War er
derartig leicht zu durchschauen, oder war der greise Mann nur gut
darin, seinen Gästen ihre Schwierigkeiten anzusehen?
„Ihr habt Kummer, Schreinerssohn, das bemerkt ein jeder!", meinte
der Wirt seufzend. „Ist es wegen eines Mädchens, das ihr nicht
erreichen könnt?"
„Etwas Ähnliches", gab er zögernd zu, griff nach seinem Bierkrug und
stürzte den Inhalt in einem hinunter, um das Gespräch möglichst bald
beenden zu können.
„Dann scheint sie aus dem Adel zu stammen, Eure Auserwählte",
folgerte der Wirt. „Da habt Ihr keine Möglichkeiten, solange Ihr nicht
ein Prinz seid oder die Zustimmung ihres Vaters erlangt. Doch das
dürfte beides schwer für einen Schreinerssohn sein, nicht wahr?"
„Ja, so ist es wohl leider", brummte Lucaniel und erhob sich zum
Gehen. „Zumindest die eine Eurer Möglichkeiten."

„Robert, ich kann dich nicht heiraten."
Einen unendlich langen Moment sah er mich an, eine Mischung von
Verständnis und Schmerz in den Augen, sah mich einfach nur an und
regte sich nicht. Beinahe bereute ich meine Worte, doch sie
entsprachen der Wahrheit – ich konnte ihn nicht heiraten, es ging

eben nicht. An dieser Tatsache konnte er nichts ändern, ganz gleich, war er unternahm. Ich liebte ihn nicht und bevor ich mich vom Meister dazu zwingen lassen würde, floh ich lieber aus der Stadt, aus meinem Leben. Ich würde für Lucaniel tun, was er bereits für mich getan hatte – alles zurücklassen, aufgeben, neu beginnen. Dieser Entschluss stand bereits lange fest.

„Ihr könnt dem nicht entfliehen, Mina", sagte Robert schließlich und seine Worte brachen mit seiner Stimme. „Er wird Euch sonst töten."

Lucaniel streifte ohne festes Ziel durch die Gassen, wie er es früher oft getan hatte – früher, bevor er Maana kannte. Damals hatte er es gemocht, allein und unerkannt seine Wege zu gehen, die Stadt jeden Tag von neuem zu erkunden und die Menschen bei ihren gewohnten Beschäftigungen zu beobachten. Doch nun irrte er umher, ohne jegliche Erleichterung oder gar Freude darin zu finden, so sehr hatte Maana ihn verändert. Es kam ihm vor als hätte er in ihr gefunden, was er damals so verzweifelt in den schmutzigen Gassen gesucht hatte – Zuneigung.

Als junger Prinz und auch später bei den Wissenden mochte er war immer ausreichend versorgt gewesen sein und er hatte sicherlich stets besser gelebt als ein Großteil von Minoors Volk, doch Anerkennung und Zuneigung hatte er kaum erleben dürfen. Maana war die erste gewesen, die wirklich ihn selbst gesehen hatte, die sich nicht aus Eigennutz oder Höflichkeit für ihn interessierte. Sie war von Anfang an anders gewesen, auf eine wunderbar herzliche Weise besonders.

Lucaniel fand sich mit einem Mal vor dem Wirtshaus wieder und obwohl er gar nicht vorgehabt hatte, hierher zurückzukehren, ging er hinein. In seiner Kammer wäre es genauso gut wie draußen, nun, wo er festgestellt hatte, dass das Umherlaufen ihm nicht weiterhalf.

„Ach, Schreinerssohn! Ihr kommt gerade recht!"

Der greise Wirt war wie beinahe jeden Tag damit beschäftigt, seine Bierkrüge zu reinigen und winke ihn nun zu sich herüber.

„Da wurde gerade eine Nachricht für Euch abgegeben. Ich dachte, es sei möglicherweise wichtig."

„Eine Nachricht?", wiederholte er mit geweckter Neugierde. „Wer überbrachte sie?"

„Ein Bursche, noch halb ein Kind", antwortete der Wirt und
überreichte ihm ein mit Wachs versiegeltes Papier. „Er sagte, er
erwarte keine Antwort von Euch. Seltsamer kleiner Kerl!"
„Ich danke Euch", sagte Lucaniel, wandte sich ab und eilte in seine
Kammer hinauf, um dort das Siegel zu zerbrechen. Zu seiner
Verwunderung war es nicht Maanas Handschrift, die die Nachricht
geschrieben hatte, sondern eine fremde.
*Ich erwarte Euch am nächsten Kirchentag nach der Messe am
südlichen Stadttor, F.*"

„Ihr liest mich rufen, Meister?"
Artig nahm ich auf dem Stuhl vor seinem Tisch Platz und versuchte
ihn erwartungsvoll, aber trotzdem unschuldig naiv anzusehen, ganz
als hätte ich nicht die geringste Ahnung davon, was er mir mitteilen
wollte. Dabei wusste ich den Grund, weshalb er mich hierher gerufen
haben musste, nur zu genau – Roberts Antrag.
Gemächlich faltete der Meister einen Brief auseinander, der auf
teurem Papier verfasst war, und ich ahnte, von wem er stammte.
„Der Prinz lädt Robert und dich nach der nächsten Messe auf einen
Ausritt aus der Stadt ein. Das sollte für Euch beide eine große Ehre
darstellen und ich verlange, dass du dich angemessen zu verhalten
weist, Mina!"
„Ihr lasst mich an diesem Ausritt teilnehmen?", fragte ich
hoffnungsvoll, denn ich war mir keineswegs sicher gewesen, dass er
es zulassen würde, dass ich die Stadt noch einmal verließ.
„Diesen Wunsch kann und darf ich dem Prinzen nicht abschlagen",
meinte er nur, faltete den Brief zusammen und sah mich dann fest an,
so fest, dass ich am liebsten den Blick gesenkt hätte, doch das wäre
ihm wohl verdächtig vorgekommen. Seine Augen suchten mein
Gesicht auf eine Regung ab als wolle er sich an meinem Unwissen
laben, dabei war er es, der inzwischen getäuscht wurde.
„Da ist noch eine Angelegenheit, über die ich mit dir sprechen wollte,
Mina", begann er. „Es kann geschehen, dass Robert dich in der
Gegenwart des Prinzen um etwas äußerst Wichtiges bitten wird und
ich erwarte von dir, dass du keine Schande über uns bringst!"
„Ja, Meister."
Seufzend lehnte er sich in seinem Stuhl zurück, sodass seine Augen
meine nicht länger gefangen hielten. Ein Schauer der Erleichterung
überkam mich und ich sah schnell auf meine Knie hinab, damit er es

nicht bemerkte. Viel länger hätte ich seinem forschenden Blick nicht
standgehalten, er hatte sich ohne es zu wissen gerade noch
rechtzeitig von mir abgewandt, bevor ich die Kontrolle über meine
Miene verlor.
„Das war alles, Mina. Du kannst nun gehen", meinte er mit einer
knappen Handbewegung in die Richtung der Tür. „Ich werde dir bis
zum Tag der nächsten Messe ein passendes Gewand für den Ausritt
zukommen lassen."
„Ich danke Euch, Meister!", brachte ich mit unterwürfiger Stimme
hervor und erhob mich, um die Kammer zu verlassen, ohne
nachzufragen, was für ein Gewand er meinte. Es war mir allerdings
auch gleich, was es sein würde, das ich bei Roberts Antrag tragen
sollte. Viel erschreckender fand ich, dass ich diesen Antrag in
weniger als einer Woche erhalten würde.

33

Das Salbentöpfchen zitterte in meiner Hand, während ich mich über das Lager eines Siechenden beugte, dessen Gesicht von roten Pusteln übersät war, und obwohl es noch immer schrecklich aussah, stelle ich erleichtert fest, dass der Ausschlag zurückgegangen war. Meine Salbe schien zu helfen, zumindest äußerlich.

„Wie fühlt Ihr Euch heute?", fragte ich, nahm ein Stück frischen Stoffes zur Hand und trug neue Salbe auf, stets darauf bedacht, ihn nie zu berühren.

„Besser, Heilerin Mina", wisperte er mit vor Fieber rauer Stimme. „Könntet Ihr mir etwas mehr Wasser bringen, mir ist so heiß!"

Sein Fieber bereitete mir Sorge, denn obwohl die roten Pusteln allmählich zu verschwinden schienen, ging es nicht zurück und ich wusste nicht im Geringsten, woran es liegen konnte.

„Wartet einen Moment, dann bringe ich es Euch!", bat ich und stellte das Salbentöpfchen beiseite, als ich bemerkte, wie nass sein Hemd vor Schweiß war. Das war nicht gut, ganz und gar nicht gut – wir waren dabei, gegen seine Krankheit zu verlieren!

„Robert!", rief ich in seinen Bereich mit Betten hinein und er tauchte sogleich auf dem Gang auf. „Robert, ich benötige deine Hilfe."

„Was habt Ihr vor?"

„Wir müssen den Mann waschen, damit der Schweiß nicht auf seiner Haut bleibt. Vielleicht spülen wir so auch seine Krankheit fort! Bitte hilf mir dabei, ich werde mich solange auch um deine Siechenden kümmern."

Es klopfte an der Tür. Lucaniel, der gerade auf dem Bett gelegen und an die Decke gestarrt hatte, stand müde auf, um zu öffnen.

„Da ist Besuch für Euch, Schreinerssohn!", verkündete der Wirt mit einem abschätzenden Blick und er fragte sich, wer gekommen sein mochte, dass er einen solchen Ausdruck der Skepsis verdient hatte – Maana vielleicht?

„Dann schickt ihn doch bitte zu mir herauf."

„Verzeiht, Schreinerssohn, doch er wollte nicht heraufkommen, sondern gemeinsam mit Euch speisen. Er zahlte sogar bereits dafür."

Seufzend trat Lucaniel zum Wirt auf den Flur hinaus, verriegelte die Kammer und folgte ihm dann die Stiege hinab. Nein, es war nicht Maana, die ihn besuchte. Wie sollte sie denn auch, ohne dass er von den Wissenden entdeckt wurde? Und außer ihr gab es derzeit nur eine Person in der Stadt, die wusste, wo er lebte und wie er sich nannte.

Der Schankraum war gefüllt und es schien ein guter Abend für den Wirt zu werden, der ihn beinahe hastig durch die plaudernde Menge auf einen unscheinbaren Tisch in einer Ecke zuführte, an dem der Gast bereits mit zwei Krügen Bier auf Lucaniel wartete.

„Einen angenehmen Abend, Lucas!", grüßte Florestiel, sobald der Wirt wieder davongeeilt war.

Er hatte die Kapuze seines Mantels tief ins Gesicht gezogen und wäre er von der Statur nicht noch ein Kind gewesen, hätte er ihn nur noch an der Stimme erkennen können.

„Was tut Ihr hier, mein Prinz?", flüsterte Lucaniel, obwohl ihn bei dem Lärm, der im Schankraum herrschte, sicherlich niemand anderes hätte vernehmen können. „Ist es nicht ein wenig gewagt, mich hier derartig offen aufzusuchen? Zumindest der Wirt wird mich nach Euch fragen!"

„Sorgt Euch nicht! Wir sind von meinen Knappen umgeben. Denkt nicht, ich würde ungeschützt durch diese Stadt ziehen, nur weil sie mir gehört", entgegnete Florestiel und nippte an seinem Bier, während Lucaniel sich verstohlen umsah. Ja, wenn man sie suchte, fand man sie, die Burschen, die sie heimlich beobachteten, die Hand stets in der Nähe des Schwertknaufes.

„Weshalb seid Ihr hier?"

Florestiel beugte sich zu ihm vor und schob zur selben Zeit die Kapuze ein Stück zurück, sodass er ihm ernst in die Augen blicken konnte. Lucaniel wusste sogleich, dass das, was er ihm berichten würde, nicht angenehm sein konnte – die Gewissheit, dass etwas in Florestiels Plan gründlich falsch verlief, entnahm er diesen ernsten Kinderaugen mit Leichtigkeit und saugte sie in sich auf als sei es eine Strafe die er zu bekommen gewohnt war.

„Bitte vergesst, was ich Euch über den nächsten Kirchentag schrieb. Ich kann Euch nicht mehr mitnehmen."

„Weshalb?", fragte er nur, denn seine Kehle schien mit einem Mal ungewöhnlich trocken zu sein. „Ist es, weil Robert dabei sein wird? Ihr sagtet doch selbst, dass er nun zu uns hält! Oder macht mich einfach zu einem Eurer Knappen und gebt mir einen Helm, dann wird er mich nicht erkennen!"

„Das würde ich gerne tun, Lucaniel!", versicherte Florestiel und klang doch verbittert dabei. „Ich möchte Euch nur nicht antun, was auf diesem Ausritt geschehen wird!"
„Es gibt nichts, dass mich davon abhalten könnte, Maana zu sehen!"
„Nein, das sicherlich nicht", seufzte Florestiel. „Doch es werden Dinge geschehen, die Euch verletzten, so wie Roberts Antrag am nächsten Kirchentag, den Maana nicht ablehnen kann."

„Mina, Ihr müsst etwas zu Euch nehmen!", sagte Robert ernst, als wir meine Kammer erreichten und ihm bewusst geworden sein musste, dass ich auch an diesem Abend nicht vorhatte, in den Speisesaal zu gehen. „Ich mache mir Sorgen um Euch! Sagt mir, was ich unternehmen kann, damit Ihr Euch besser fühlt!"
„Heirate mich nicht", antwortete ich und trat in die Kammer. Mit einem verzweifelten Händeringen folgte er mir.
„Ihr wisst, dass das nicht möglich ist!"
„Es ist möglich, Robert, solange du es nur willst", entgegnete ich.
„Sag, weshalb hintergehst du eigentlich deinen Vater?"
Ich setzte mich auf die Kante meines Bettes, viel zu erschöpft, um weiterhin zu stehen, und sah ihn forschend an, schließlich musste er einen Grund für sein Handeln haben. Ein Sohn verriet seinen Vater nicht einfach, das war ein unausgesprochenes Gesetz in jeder Familie. Es musste folglich etwas vorgefallen sein, etwas Ernsthaftes.
„Wie ich bereits sagte, Mina. Mein Vater beschreitet seine Wege, ohne dabei auf Zurückgebliebene zu achten, selbst wenn sie aus seiner eigenen Familie stammen!", seufzte er und kam durch die Kammer herüber, um sich neben mich zu setzten, wie Lucaniel es einst getan hatte, um mit mir die Schriften zu lesen. „Zudem habe ich ihn schon lange nicht mehr als meinen Vater angesehen."
Erstaunt musterte ich sein trauriges Gesicht von der Seite, wagte es jedoch nicht, etwas zu erwidern, aus Furcht, er würde dann nicht weitererzählen. Ich wollte wissen, wer Robert wirklich war, was er wirklich dachte. Ich wollte endlich wissen, weshalb er noch immer zu mir hielt, wo ich ihn so viele Male zurückgestoßen hatte.
„Mein Vater hat mich nie lieben können, mich, der ich die Schuld am frühen Tod meiner Mutter trage. Sie verblutete damals bei meiner Geburt. Es war Eure Mutter, die mich zusammen mit Eurem Großvater aufzog, Mina. Sie waren meine wahre Familie."

Robert wandte sich zu mir um, ein zaghaftes Lächeln auf den Lippen, das jedoch schnell wieder verblasste und nichts als Bitterkeit zurückließ.

„Ihr wurdet geboren und obwohl ich Euch nie sehen durfte, wart Ihr von Anfang an wie eine geliebte Schwester für mich. Doch dann wurde Eure Mutter verbrannt."

Er stockte als würde er mit Tränen kämpfen, doch seine Augen schienen seltsam trocken und leer zu sein – ganz als wäre er in eine fremde Ferne entschwunden, in die ich ihm nicht folgen konnte.

„Ich bin drei Jahre älter als Ihr, Mina", fuhr er schließlich fort. „Ich erinnere mich noch genau an das, was damals geschah. Er hätte sie retten können, versteht Ihr? Aber er wollte es gar nicht, ihr Tod kam ihm sogar ganz recht. Er wollte Euch, seit Eurer Geburt wollte er nur Euch!"

„Aber Großvater gab mich nicht her", folgerte ich mit einem Schaudern. „Deshalb musste er sterben? Und wenn ich dich nicht heirate, sterbe auch ich."

Anstatt zu antworten, nahm er meine Hand, drückte sie einmal fest und ging dann, ohne mir sein Gesicht ein letztes Mal gezeigt zu haben und ich war mir sicher, dass er nun doch weinte.

Schwester, Schwester hatte er mich genannt. Leise wischte ich mir eine einzelne Träne aus dem Augenwinkel. Schwester – so seltsam es sich auch anfühlte, ich begann ihn zu mögen.

34

Sie folgten mir, erstaunt, vielleicht sogar bewundernd, folgten mir in jeder Gasse – die Blicke der Menschen von Minoor. Beschämt hielt ich den Kopf gesenkt, stets darauf bedacht, niemanden anzusehen, um in ihren Gesichtern nicht jene Erkenntnis zu finden, die Robert bei meinem Anblick gehabt hatte. Ich sah hübsch aus in dem edlen Kleid, das der Meister mir hatte zukommen lassen, genauso hübsch wie die Königin der Stadt in meinem Alter gewesen sein musste. Die Ähnlichkeit zwischen uns war nunmehr unverkennbar, wo ich nicht mehr in weite Heilerskutten gehüllt war und meine Haare kunstvoll geflochten und gesteckt worden waren. Ich sah aus wie meine leibliche Mutter und in diesem Kleid konnte ich es nicht verbergen. Florestiel erwartete uns ein wenig außerhalb der Stadttore, damit das Volk nicht darüber munkelte, wer ich sein mochte und weshalb ich mich mit ihm traf, denn dann würde die Königin sicherlich ungehalten sein und schnell erfahren, wer ich wirklich war. Er hatte einige Reiter um sich geschart, die wohl seine Leibgarde bildeten. Behelmt und bewaffnet hatten sie einen schützenden Kreis um ihn gebildet, um uns entgegen zu blicken.
„Ihr seht bezaubernd aus, Maana!", begrüßte Florestiel mich und nickte Robert höflich zu. „Doch nun lasst uns reiten, bevor man uns entdeckt."

Lucaniel saß ab und band sein Pferd an einen jungen Baum, der kräftig genug zu sein schien, um es zu halten, sodass es sich nicht losreißen konnte. Maana und Robert standen ein wenig abseits der Gruppe, während Florestiel noch mit seinem Pferd beschäftigt zu sein schien, das wohl lieber grasen als sich anbinden lassen wollte. Schnell war er bei ihm, packte das Tier an den Zügeln und zerrte es zu seinem hinüber, obwohl er Maana dabei aus den Augen verlor und auch wenn es nur ein kurzer Moment war, den er sie nicht sah, behagte es ihm trotzdem nicht.
„Habt Dank", sagte Florestiel erleichtert und streifte sich die Reithandschuhe von den Händen. „Nun kommt mit mir. Ihr wolltet doch die Gespräche verfolgen, nicht wahr?"
Ohne eine Antwort abzuwarten ging er zu Robert und Maana hinüber und Lucaniel blieb nichts anderes übrig als ihm zu folgen. Robert, der anscheinend bereits auf den jungen Prinzen gewartet hatte, begrüßte

ihn mit einem kräftigen Händedruck und begann sogleich zu sprechen, als hätten die Worte schon lange danach gedrängt, aus ihm herauszukommen.

„Prinz, Ihr wisst von dem Antrag, den der Meister mir aufgetragen hat."

Unwillkürlich begannen Lucaniels Hände zu zittern. Florestiel hatte Recht gehabt. Es würde ihn verletzen, dass Maana diesen Antrag annehmen musste, und mit einem Mal wünschte er sich, er wäre doch nicht mit auf diesen Ausritt gekommen – er wünschte sich, er hätte sich nicht gegen den Prinzen durchsetzen können, ihn nie gebeten, ihn mitzunehmen. Doch nun war es nicht mehr zu ändern, er war hier, er würde den Antrag miterleben, bis zum letzten Wort.

„Ich werde ihn Euch bezeugen, Robert Heilerssohn!", versicherte Florestiel. „Gemeinsam mit meinem besten Knappen."

„Euer bester Knappe, mein Prinz?", fragte Maana, während ein amüsiertes Lächeln ihre Mundwinkel umspielte. „Weshalb nimmt er nicht den Helm ab? Das wäre alleinig aus Höflichkeit angemessen."

Wie konnte sie derartig fröhlich sein, wenn sie gezwungen war, jemanden wie Robert zu heiraten – jemanden, der sie derartig verletzt hatte, wie er sie? Oder war zwischen ihnen etwas geschehen? Hatte sie sich doch Robert anvertraut, obwohl sie ihm die Nachricht hatte zukommen lassen, er solle auf sie warten? Gefiel es ihr letztendlich sogar vielleicht, dass sie ihn heiraten sollte?

„Was hat der Knappe schon groß damit zu tun, Mina!", meinte Robert abweisend. „Es geht hier um den Antrag!"

„Sicherlich geht es um den Antrag", entgegnete sie noch immer lächelnd, trat vor und griff nach seinem Helm, bevor jemand sie aufhalten konnte. „Und dieser Antrag geht diesen Knappen genau so viel an wie den Rest von uns, nicht wahr, Lucaniel? Dachtest du, ich würde dein Pferd nicht erkennen, wo ich es selbst bereits einmal geritten bin?"

„Was tust du hier?", entwich es Robert erschrocken, sein Blick war dabei feindlich wie stets und obwohl Lucaniel den Grund für seinen Hass nicht kannte, nahm er es ihm nicht übel. Anscheinend war Robert genauso gezwungen, die Vermählung über sich ergehen zu lassen wie Maana, auch wenn es ihm sicherlich nicht so sehr missfiel, wie es ihr missfallen sollte.

„Solltest du nicht im Außenlager sein?"

„Wir kennen die Wahrheit, Maana und ich", antwortete er nur, nahm
ihr den Helm ab und klemmte ihn sich unter den Arm. „Wie sollte ich
nicht hier sein müssen, wo ich sie doch lieben darf?"
„Ihr kennt die Wahrheit? Seit wann?"
„Euer Mörder hat seine Aufgabe nicht gewissenhaft genug gemacht.
Mein Großvater konnte es mir mit seinen letzten Atemzügen
anvertrauen", knurrte Lucaniel, denn noch immer wünschte er sich, er
hätte den Täter damals eingeholt und Rache genommen. „Aber
deshalb bin ich nicht gekommen Robert! Ich wollte dich lediglich
warnen, dass du Maana gut behandelst, denn sonst werde ich..."
„Du missverstehst da etwas", unterbrach Robert leicht spöttisch.
„Maana und ich werden nicht heiraten!"

Es begann zu regnen, als wir in die Stadt einritten. Ich hoffte, dass
Florestiel und Lucaniel nicht allzu nass werden würden, denn um
nicht mit uns gesehen zu werden, hatten sie einen Bogen um die
Stadtmauern geschlagen, um am anderen Tor hineinzugelangen und
dieser Weg war länger als der, den Robert und ich ritten.
Wir trieben unsere Pferde durch die verlassenen Gassen bis zu den
Ställen und liefen dann eilig in die Gewölbe hinein, vom Regen längst
durchnässt.
„Ihr solltet Euch sogleich umkleiden, Mina!", brachte Robert atemlos
hervor. „Sonst werdet Ihr krank werden!"
Ich nickte schwach und machte mich den Gang hinunter auf dem
Weg zu meiner Kammer. Mir war kalt, so kalt, dass ich zitterte, meine
Beine waren seltsam schwer und ich musste mich an der Wand
abstützen, weil ich das Gefühl nicht loswurde, der Boden würde sich
unter meinen Füßen bewegen. Hilfesuchend blickte ich zurück, doch
Robert war bereits neben mir und hob mich in seine Arme.
„Ihr müsst etwas zu Euch nehmen, Mina!", schimpfte er. „Ich habe
Euch gewarnt, nun werde ich Euch dazu zwingen müssen!"
Er stieß die Tür zu meiner Kammer auf und setzte mich auf der
Bettkante ab.
„Ihr werdet Euch nun umkleiden!", befahlt er, während er mir eine
frische Heilerskutte aus der Kleidertruhe zuwarf. „Ich besorge derzeit
Euer Abendmahl. Ihr habt keinen Grund mehr, es abzulehnen, oder
wollt Ihr, dass Lucaniel von Eurem Hungerstreik erfahren wird?"

35

Lucaniel wischte sich den Schweiß von den Handflächen und beugte sich dann noch einmal zur Öffnung des Steinofens hinab, um die restlichen Brotlaibe aus der Hitze zu ziehen. Erschöpft und trotzdem zutiefst zufrieden mit seiner Arbeit stellte er den Holzschieber beiseite. Das waren sie also, seine ersten eigenen Brote, die ersten Laibe, die er gänzlich allein angefertigt hatte und auch wenn die Form nicht derartig vollkommen wie die Meister Jolands erschien, waren sie doch eine Leistung, auf die er stolz war.
„Nun, Lucas. Wie schaut es aus?", fragte Joland erwartungsvoll und trat aus dem Verkaufsraum herein. „Ihr habt Geschick, das muss ich Euch lassen!"
„Habt Dank, Meister!", sagte er ein wenig geschmeichelt durch diese Anerkennung und lud die Laibe vorsichtig in einen Korb, um sie zur Theke bringen zu können, doch Joland hielt ihn zurück.
„Dieser gehört Euch", brummte er, nahm einen der Laibe und wickelte ihn in ein frisches Tuch. „Den habt Ihr Euch verdient! Ich schenke ihn Euch. Ihr seid ein guter Bursche, Lucas!"

„Was habt Ihr Euch nur dabei gedacht, Maana!", seufzte Florestiel und schüttelte den Kopf wie ein hilfloser Erwachsener. „Als Heilerin hättet Ihr wissen müssen, wie ungesund es ist, nichts zu sich zu nehmen, und das mehrere Tage lang!"
„Es wird nicht wieder geschehen!", versicherte ich ihm und begutachtete dann die Aufzeichnungen, die er mitgebrachte hatte. Der Papierstapel war dick und nur von einer einfachen Kordel zusammengehalten. Anscheinend hatte Florestiel alle Dokumente zusammengesucht, die mit Lucaniel, meiner Mutter, den Wissenden und mir in Verbindungen gebracht werden konnten – wahrscheinlich im Geheimen aus den Chroniken der Kloster und des Königshauses entwendet.
„Habt Ihr all das bereits gelesen, mein Prinz?", fragte Robert, der nicht weniger gespannt als ich zu sein schien, ob diese Dokumente Neues enthüllen würden.
„Nein, nicht alle", antwortete Florestiel. „Aber einige davon. Robert, denkt Ihr, dass wir Carla davon überzeugen können, sich ebenfalls gegen Euren Vater zu wenden?"

„Das wäre zu riskant, mein Prinz!", entgegnete er. „Wir sollten darauf
bedacht sein, sie glauben zu lassen, sie handle noch immer in seinen
Interessen. Es wäre zumindest um einiges sicherer."
Nickend ging Florestiel in der Kammer auf und ab, während ich
Lucaniels Sterbeurkunde in Händen hielt, datiert auf einen Tag vor
beinahe elf Jahren. Ein Schaudern überkam mich, denn sicherlich
hatte das Königshaus wirklich gehofft, der damals vollkommen
hilflose Junge würde in den Gassen seiner eigenen Stadt sterben –
doch er war es nicht.
„Florestiel", begann ich nachdenklich. „Weiß Euer Herr Vater, seine
Majestät von Minoor, dass Lucaniel noch am Leben ist?"
Überrascht runzelte Florestiel die Stirn, denn darüber hatte er
anscheinend selbst nie nachgedacht.
„Er besucht manchmal seinen Grabstein als läge er tatsächlich
darunter", gestand er dann. „Das ist wohl sein Zeichen der Reue,
deshalb denke ich, dass er es nicht weiß. Doch womöglich will er ihn
damit auch nur schützen, denn erführe meine Mutter davon, dass
Lucaniel noch lebt, würde sie ihn sogleich suchen und töten lassen.
Mein Vater ist ein gerechter Mann, auch wenn er große Fehler
begangen zu haben scheint! Unverzeihliche Fehler, und ich denke, er
weiß das."

Unruhig nippte Lucaniel an dem Bierkrug, den der greise Wirt vor ihm
auf die Theke geknallt hatte als wäre er für ein ausführliches Verhör
bereit. Er hatte bereits hastig nach einer sinnvollen Lüge darüber
gesucht, wer Florestiel war und weshalb er ihn aufgesucht hatte,
doch der Wirt fragte nicht danach.
„Ihr scheint seit einigen Tagen glücklicher zu sein, Schreinerssohn",
meinte er stattdessen. „Habt Ihr endlich um die Hand Eurer geliebten
Adelstochter angehalten?"
Verwundert stellte er den Bierkrug vor sich ab. Dieses Gespräch
hatte er nach all den Geschehnissen um Robert und Maana bereits
wieder vergessen gehabt, dabei war er sich anfangs noch sicher
gewesen, dass der Wirt darauf zurückkommen würde.
„Nein, das habe ich nicht getan", entgegnete er schließlich. „Aber sie
hat den Antrag eines Anderen abgelehnt. Das zumindest gibt mir
Hoffnung."
Der Wirt musterte ihn aus seinen aufmerksamen Augen, ein
verständnisvolles Lächeln im Gesicht. Wie viel konnte er ihm

erzählen, bevor er ihn durchschaute – bevor er bemerkte, dass etwas an seiner Geschichte, seiner Vergangenheit, seltsam oder gar erlogen war?

Wie viel Einsicht brauchte dieser greise Mann in einen Menschen, um ihn zu verstehen? Und wie viel musste er über diesen Menschen nur wissen, um zu erkennen, wer dieser tatsächlich war?

Noch ein letztes Mal huschten diese unerträglich aufmerksamen Augen über seine Miene und tasteten sich dann zu seinen Händen hinab, mit denen er den Bierkrug beinahe hilfesuchend umklammert hielt. Schnell lockerte Lucaniel seinen Griff als wäre er bei einer untersagten Handlung erwischt worden.

Nein, dieser Mann war ein Fremder, auch wenn er schon eine längere Zeit in seinem Wirtshaus lebte. Es wäre nicht klug, ihm von sich zu erzählen, schließlich konnte er nicht wissen, mit wem der greise Wirt in Verbindung stehen mochte.

„Also", brachte Lucaniel zögernd hervor, aber auch nur, um etwas zu sagen, das von seiner Unruhe ablenkte. „Eine Familie könnte ich mit meinem Handwerk zumindest ernähren."

Etwas Unverständliches murmelnd griff der Wirt nach seinem alten Lappen und Lucaniel stürzte den Rest des Bieres hinunter, um einer neuen Frage mit der Flucht in seine Kammer zu entgehen.

„Robert, weshalb nennst du mich noch immer Mina?", wollte ich wissen und reichte ihm einen weiteren feuchten Lappen, während er den gerade genutzten in einen bereitstehenden Kübel warf.

„Es fühlt sich sicherer an", meinte er leise, sodass ihn keiner der anderen Heiler im Siechenhaus verstehen konnte, sollte er lauschen. „Ich befürchte, ich könnte meinem Vater ansonsten nicht verbergen, dass ich ihn verrate. Auf diese Weise ist es einfacher für mich, mich vor ihm zu verschließen. Ihr seid nicht Mina, deshalb kann ich ihn mit diesem Namen belügen!"

Der Siechende stöhnte leise unter Roberts festen Bewegungen, mit denen er ihm den Fieberschweiß vom Körper wusch. Wir hatten diese Behandlung jeden Tag durchgeführt, meist sogar mehrere Male, und zu meiner Genugtuung besserte sich der Zustand des Mannes sichtlich. Der Ausschlag war inzwischen gänzlich verschwunden und auch das Fieber ging nun schneller zurück.

„Fürchtest du dich nicht? Zu lügen ist eine Sünde!"

Wieder warf er den Lappen fort und ich reichte ihm einen neuen.

„Wenn wir für diese Lüge bei IHM in Ungnade fallen, dann wird mein
Vater noch viel länger in der Hölle brennen als wir, Mina!"
„Dann wirst du ihm nicht davon berichten, dass ich dich nicht heiraten
will?", fragte ich hoffnungsvoll, denn obwohl mir bewusst war, dass
der Meister schon bald danach fragen würde wie der Antrag verlaufen
war, wünschte ich, dass er niemals darauf zurückkommen würde –
dass das Leben in diesen Gewölben sich nicht verändert hätte, seit
ich angekommen war. Dieser Wunsch war irrsinnig, das war mir
bewusst, und doch wollte ich nicht aufhören, an ihn zu glauben.
„Das würde uns beide in noch viel größere Gefahr bringen",
entgegnete er bitter. „Aber ich werde nicht zulassen, dass er Euch
etwas antut. Lieber nehme ich die Schuld auf mich, als noch den
letzten Rest von dem, was meine Familie hätte sein können, zu
verlieren!"

36

Lucaniel warf einen ungewiss bangen Blick auf die Gasse vor der Backstube hinaus. Noch immer war keine Nachricht von Florestiel gebracht worden, obwohl er versprochen hatte, sich bei ihm zu melden, sobald er Maana aufgesucht hätte. Das lag nun bereits einige Tage zurück und mit jeder Stunde wurde er unruhiger. Weshalb meldete Florestiel sich nicht? War er womöglich noch gar nicht in den Gewölben der Wissenden gewesen, weil seine Pflichten als Prinz und Thronfolger Minoors ihn davon abhielten? Oder gab es schlichtweg nichts zu berichten, sodass er sich den Weg in die Backstube oder das Wirtshaus ersparte?
Seufzend wandte Lucaniel sich von der Gasse ab. Er musste ihm vertrauen, so wie Maana ihn darum gebeten hatte. Eine andere Möglichkeit gab es nicht und der junge Prinz wusste, wie sehr Lucaniel auf Nachrichten von ihm hoffte – er würde sich bei ihm melden, ganz sicher!
Mit einem letzten Blick nach draußen schüttelte er seine Bedenken ab, denn Joland war gerade aus dem Nebenraum eingetreten und er wollte von ihm nicht derartig niedergeschlagen gesehen werden.
„Habt Ihr für diesen Tag geendet, Lucas?", fragte Joland und er nickte zur Antwort. „Dann solltet Ihr Euch erholen. Ihr seht erschöpft aus, dabei seid Ihr noch jung!"
„Ihr sprecht wahre Worte, Meister!", seufzte er. „Ich bin wahrhaftig erschöpft, doch zum Ruhen werde ich vor dem Abend trotzdem nicht kommen. Ich habe dem Wirt noch einiges an Stallarbeiten zu verrichten!"
„Ihr lebt noch immer in diesem Wirtshaus?", entfuhr es Joland überrascht, doch Lucaniel zuckte nur gleichgültig mit den Schultern. „Es ist nicht teuer und für eine eigene Unterkunft bin ich nicht wohlhabend genug."
„Das hättet Ihr mir jederzeit sagen können! Ich habe in diesem Haus noch genügend Gesellenkammern für Euch frei!"

Ich zog die Kiste mit Großvaters Schriften unter meinem Bett hervor und öffnete sie, um ihren Inhalt auf zwei Satteltaschen zu verteilen. Ich wollte bereit sein, falls ich fliehen musste. Robert mochte zwar versuchen, den Meister davon zu überzeugen, dass er nicht bereit war, sich mit mir zu vermählen, sodass ich vollkommen unschuldig

daran wäre, doch ich glaubte nicht daran, dass dieser Versuch
gelingen würde. Sobald ich unnütz geworden war, würde der Meister
mich verstoßen, ganz gleich wie außergewöhnlich meine Fähigkeiten
als Heilerin auch sein mochten. Letztendlich war ich eben doch nur
ein Mittel gewesen, mit dem er sein Ziel hatte erreichen wollen, und
wenn dieses Mittel nicht mehr zu gebrauchen sein sollte, warf er es
fort. Wahrscheinlich hatte er den Menschen in mir nie gesehen, nur
den Nutzen, den er aus mir schlagen konnte.
„Mina?"
Robert stand in der Tür, seine Reisekutte angezogen und ein Bündel
über die Schulter geworfen.
„Mina, kommt mit mir! Ich verlasse die Stadt!"
Langsam schob ich die geleerte Kiste mit einem Fuß unter das Bett
zurück, nahm eine frische Heilerskutte aus der Kleidertruhe und legte
sie als letztes mit dem edlen Kleid auf die Schriften. Ich schloss die
Satteltaschen und Robert nahm sie an sich, um mich dann eilig auf
den Gang hinauszudrängen.
„Wohin fliehen wir?", wollte ich leise wissen, während wir in die
Stallungen gingen, stets darauf bedacht, nicht aufzufallen, sobald uns
andere Wissende entgegenkamen. „Was hat er gesagt?"
„Er hat es akzeptiert und doch war er ungehalten", raunte er mir zu,
wählte zwei Pferde und begann sie hastig zu satteln. „Hier sind wir
zumindest nicht mehr sicher. Ich kenne ihn, er wird sich dafür rächen
wollen, dass ich ihm sein Vorhaben zunichte gemacht habe, und
alleine kann ich Euch nicht guten Gewissens zurücklassen!"
„Robert!", wisperte ich aufgeregt. „Er wird überall nach uns suchen
lassen, besonders im Umland! Wohin willst du gehen?"
„Wir gehen einfach noch viel weiter fort!", entgegnete er grimmig und
warf einem der Pferde meine Satteltaschen über den Rücken.
„Nein!", sagte ich schnell, denn er war fast für den Aufbruch bereit.
„Genau das wird er doch von uns erwarten, wenn er erfährt, dass wir
fort sind! Am sichersten ist es dort, wo er uns nicht vermutet!"
„Und wo sollte das sein?", fragte er und reichte mir die Zügel eines
Pferdes, um dann selbst die des anderen zu ergreifen. „Er wird nicht
ruhen, bevor er uns gefunden und getötet hat, Mina! Wo sollen wir da
sicher vor ihm sein?"
„Hier, in der Stadt."

Lucaniel zog sich den Mantel enger um den Körper, während er darauf wartete, dass der Marktplatz sich füllte. Der Herbst hatte an diesem Tag einen eisigen Wind mit sich gebracht, der nun mit aller Kraft durch die Gassen der Stadt wehte, sodass es kaum einen geschützten Platz zu finden gab und obwohl Lucaniel sich am Morgen seine beiden einzigen Hemden übereinander angezogen hatte, fror er. Er besaß nicht genug Geld, um sich ausreichend dicke Kleider zu kaufen und dieser Winter würde sicherlich schwer werden. Eine Gruppe von Nonnen schritt vorbei, gefolgt von einigen frommen Bürgern und deren Kindern. Zitternd rieb Lucaniel die klammen Hände aneinander, um wieder ein wenig Gefühl in ihnen zu verspüren, doch es half nicht viel.
Wo blieb Florestiel? Er besuchte die große Messe in der Kirche am Markt doch beinahe jeden Tag, nur selten ging er in eine der anderen Kirchen und selbst wenn er es täte, müsste er den Marktplatz dazu überqueren. Wo war er also? Weshalb kam er nicht? Lucaniel wollte endlich Nachricht erhalten, was bei den Wissenden vor sich ging! Immer mehr Menschen strömten auf den Marktplatz und auf die Kirche zu. Allmählich schmerzten seine Füße und er begann sein Gewicht vom einen auf den anderen zu verlagern, um warm zu bleiben. Ein Junge blieb stehen, um ihn neugierig dabei zuzusehen, doch seine Mutter packte ihn an der Hand und zog ihn weiter als hätte sie Angst, er könne Schaden davontragen, wenn er ihn ansah. Bot er einen derartig abstoßenden Anblick, nur weil er keine warmen Kleider besaß?
Mit einem Mal kam Unruhe in die Menge auf dem Markt, aufgeregte Rufe, vereinzelte Schreie, dann teilte sie sich und ein Pulk von Reitern trieb die Pferde an ihm vorbei die Straße zum Stadttor hinauf – Reiter in Heilerskutten und dennoch schwer bewaffnet. Aufgeregt stolperte Lucaniel auf die Straße hinaus, um ihnen nachzusehen und er wusste, dass es nur einen Grund gab, aus dem die Wissenden sich bewaffnen würden – Verrat. Und es sah ganz danach aus, als würden sie ins Außenlager reiten. War er aufgeflogen, hatte der Meister sein spurloses Verschwinden also doch noch bemerkt?

37

Der verfallene Hinterhof, in dem wir uns in der vergangenen Woche mit Florestiel getroffen hatten, lag ruhig da. Kaum ein Geräusch drang aus der Stadt herein, nur das sanfte Schnauben der Pferde und das Geraschel der am Boden umherwirbelnden Blätter verhinderte eine vollkommene Stille, die mich in Furcht versetzt hätte. Ich beobachtete eine kleine Gruppe von Ratten, die mich ihrerseits aus einer der Hausruinen belauerten und ich wusste, dass sie nur darauf warteten, dass ich mich nicht mehr rührte. Doch diesen Gefallen würde ich den gierigen Nagern nicht machen, obwohl ich das Erkalten meiner Haut nicht besser aufzuhalten wusste als mich in die ersten Sonnenstrahlen des Tages zu setzen, die kaum noch Kraft und Wärme in sich trugen.

„Wir sollten Lucaniel suchen, Robert!", schlug ich vor, wobei das hektische Aufeinanderschlagen meiner Zähne die Worte beinahe in der Luft zerriss. „Hier draußen werden wir umkommen!"

Unschlüssig ging er vor mir auf und ab, blies seinen warmen Atem in die Hände und rieb sie dann aneinander als habe er mich nicht gehört. Dabei musste er wissen, dass ich Recht hatte. Es war schon lange zu kalt geworden, um auf den Gassen zu übernachten.

„Weshalb Lucaniel? Er wird uns nicht helfen können!", entgegnete er dann. „Er ist selbst auf der Flucht vor den Wissenden!"

„Aber er scheint in regelmäßigem Kontakt mit Florestiel zu stehen und als Prinz dieser Stadt wird Florestiel uns sicherlich helfen können."

„Nein, das ist mir zu unsicher", meinte Robert kopfschüttelnd und machte sich mit bebenden Fingern an einer der Satteltaschen zu schaffen, bis er schließlich mein Kleid hervorzog. „Du wirst ihn in der Kirche aufsuchen. Er geht jeden Tag in die Messe und mit etwas Eile wirst du es heute noch dorthin schaffen!"

Ungläubig starrte ich erst ihn und dann das Kleid an.

„Darin werden mich nicht nur alle erkennen, Robert, darin werde ich noch viel schneller erfrieren!"

Mit einem Mal war sein Gesicht unbekannt hart, fast gnadenlos, und ich wusste sogleich, dass er genau dasselbe sagen würde, was ich bei seinem Anblick nun dachte – wir hatten keine andere Wahl. Entweder liefen wir Gefahr, entdeckt zu werden, oder wir würden erfrieren. Ganz gleich wofür wir uns entschieden, wir konnten auf beide Weisen sterben.

„Gut", sagte ich langsam und nahm ihm das Kleid ab. „Ich werde es tun. Doch dafür wirst du Lucaniel in der Backstube aufsuchen, in der er in die Lehre gegangen ist!"

„Lucas! Kommt doch bitte herüber!"
Vom ungewohnt angespannten Ton in Jolands Stimme zutiefst überrascht, schob Lucaniel noch hastig einen seiner Teige in den Steinofen und eilte dann in den Laden hinüber. Joland stand hinter seiner Theke und trommelte ungeduldig mit den Fingern darauf herum.
„Ich habe Euch etwas auszurichten!", brummte er. „Ein junger Bursche bat mich soeben darum!"
„Ein junger Bursche?", wiederholte er, obwohl er wusste, dass es sich dabei nur um Florestiel handeln konnte. Doch weshalb kam er bis in die Backstube und sprach dann nicht direkt mit ihm, wo er bloß im Nebenraum gewesen war?
„Der Kerl schien es recht eilig gehabt zu haben, wollte wohl in die Messe", sprach Joland weiter. „Sagte Etwas davon, dass er mit einer Carla gesprochen hätte und es nun wisse. Ihr seid doch nicht in Schwierigkeiten geraten, Lucas?"
„Nein, Meister!", entgegnete er versichernd, während seine Gedanken zu rasen begannen. Florestiel hatte Carla die Wahrheit entlockt, er wusste nun, dass weder er noch Maana gelogen hatten – doch weshalb war er dann nicht geblieben, um mit ihm persönlich zu sprechen? Konnte das womöglich mit den bewaffneten Wissenden zu tun haben, die er am gestrigen Tag beobachtet hatte? War es möglich, dass diese Reiter gar nicht ins Außenlager wollten, dass sie nicht nach jemandem suchten, der sie verraten hatte, sondern nach jemandem, der vor ihnen geflohen war?
„Verzeiht, Meister! Ich –", begann er mit vor Schreck heiserer Stimme, doch das Aufspringen der Ladentür unterbrach ihn. Jemand stolperte herein und schloss die Tür sogleich hinter sich als fürchtete er sich davor, auch nur einen Moment länger auf der Gasse zu verweilen. Schwer atmend drehte er sich zu ihnen herum und schlug die Kapuze seiner Heilerskutte zurück, doch Lucaniel hatte bereits erkannt, wer es war.

„Robert!", entfuhr es ihm und war schon hinter der Theke
hervorgesprungen, um ihn am Kragen zu packen. „Was hat das zu
bedeuten? Wo ist sie? Hast du uns verraten, oder weshalb hat dein
Vater seine Mörder ausgeschickt?"
„Nichts habe ich verraten!", zischte er wütend zurück. „Maana ist auf
dem Weg zu Florestiel und somit in Sicherheit! Lass mich los,
Lucaniel!"

Ich schritt die Reihen der Holzbänke entlang und ließ meinen Blick
über die versammelten Menschen huschen. Einfaches Volk, Adel und
Kaufleute saßen dort und wären sie nicht nach Reihen getrennt
gewesen, hätten sie mit beinahe gleichgestellt erscheinen können.
Vorne, in der allerersten Reihe, saß nur eine einzelne Person als
wolle niemand etwas mit ihr zu tun haben. Sie war dort vorne,
Florestiels separate Welt, wie sie ihn bereits bei unserer ersten
Begegnung im Siechenhaus umgeben hatte und wieder war ich die
Einzige, die sich in diese Welt hineinwagte.
Ich warf mein Haar über die Schulter zurück und hielt den Kopf
erhoben, denn wenn ich mich in der Öffentlichkeit schon offen zeigen
musste, dann würde ich es wenigstens mit Würde tun. Mich Florestiel
in dieser Umgebung zu nähern war riskant. Die Menschen würden
sehr bald in der ganzen Stadt darüber munkeln, wer ich sein mochte
– sie taten es bereits in diesem Augenblick, in dem ich die erste
Reihe erreichte. Ihr Murmeln erfüllte die Kirche mit einem
unverständlichen Brodeln des Misstrauens.
Doch Florestiels Augen leuchteten bei meinem Anblick erfreut auf
und er erhob sich, um meine Hand zu ergreifen und sie in einer
kleinen Verbeugung zu küssen.
„Ihr seid schön wie jeden Tag, den ich Euch sah, Fräulein Maana,
geliebte Schwester!"

„Könntet Ihr derweil erklären, was hier geschieht, Lucas?", fragte
Joland mit einer derartig besonnen Stimme, dass es beinahe
unheimlich klang. „Ihr sagtet soeben, Ihr würdet in keinerlei
Schwierigkeiten verwickelt sein und dann taucht ein mir fremder
Bursche auf, der Euch Lucaniel nennt und dessen Vater Ihr als
Mörder bezeichnet. Also sagt mir was geschehen ist!"

Lucaniel ließ Roberts Kragen los, der einen betretenen Schritt zurück
tat und zwischen ihnen hin und her sah als suchte er nach einem
Weg, die vergangene Minute ungeschehen zu machen.
„Verzeih", stammelte er. „Ich vergaß..."
„Es ist geschehen, Robert", unterbrach er ihn gleichgültig, um sich
dann Joland zuzuwenden, mit stolz erhobenem Kopf und festem
Blick. Es war an der Zeit, der Wahrheit gegenüber zu treten – er war
nicht Lucas Schreinerssohn, so sehr er es sich auch gewünscht
haben mochte, so sehr ihm dieses Leben auch gefiel. Es war nichts
als eine Lüge gewesen, mit der er sich Jolands Vertrauen erschlichen
hatte.
„Mein Name ist Lucaniel Königssohn von Minoor", verkündete er
ruhig, „und ich gelte seit zehn Jahren als verstorben!"

38

Ich trug wieder meine Heilerskutte, als ich bald nach der Messe zum Palast ging. Robert war noch nicht aus der Backstube zurückgewesen, weshalb ich ihm die aufregende Neuigkeit nicht hatte mitteilen können – Carla hatte sich Florestiel anvertraut. Anscheinend hatte der Meister sie nach unserem Verschwinden fallen gelassen, hatte sie zum Schweigen bringen wollen, doch sie war ihm entkommen.

Florestiel erwartete mich am Tor und brachte mich an den Wachen vorbei, die mich abschätzend musterten als würde ich eine Gefahr darstellen können. Doch sie wagten es nicht, mich vor ihrem Prinzen aufzuhalten, um mir vielleicht Fragen stellen zu können oder mich zu durchsuchen.

„Ich werde Euch zu unserem Herrn Vater bringen, Maana", sagte er leise und führte mich in den Palast hinein, der von Innen noch viel prunkvoller war als er von außen erschien. Staunend sah ich mich um. Noch nie hatte ich derartig viele Kostbarkeiten an einem Ort gesehen. Amüsiert beobachtete er meinen Gesichtsausdruck.

„Was werdet Ihr ihm sagen, wenn wir vor ihm stehen. Er wird uns keinen Glauben schenken, oder mich wegsperren lassen, Florestiel. Ich könnte eine Gefahr für ihn sein, deshalb wollte der Meister mich doch bei sich halten!", meinte ich, doch er schüttelte lächelnd den Kopf.

„Vater ist nicht derartig streng, wie Ihr denken mögt", entgegnete er. „Er wird uns zuhören."

Wir erreichten ein bewachtes Portal und Florestiel bedeutete den Wachen, uns einzulassen. Die Thronhalle des Königs von Minoor war nicht groß, aber umso eindrucksvoller mit Gold- und Silberornamenten verziert, der Boden bestand aus reinem Marmor.

„Wen bringst du mir da, mein geliebter Sohn? Ist das nicht Mina Heilerstochter, die seit dem gestrigen Tag vermisst wird?", sprach der König.

Hastig machte ich einen Knicks.

„Nein, Vater. Dies ist nicht Mina Heilerstochter. Es hat sie nie gegeben", entgegnete Florestiel und mein Herz machte einen unwillentlichen Satz als sei es durch seine Worte vollkommen aus seinem gewohnten Schlag gekommen. Stattdessen raste es nun in einer aufgeregten Geschwindigkeit vor sich hin, sodass mir ganz heiß vor Furcht wurde. Wie konnte er mit dieser Behauptung beginnen? War das nicht zu gewagt?

„Das wirst du mir erklären müssen, mein Sohn. Ich verstehe deine Worte nicht! Oder faselt mein Sohn wirr, Heilerin?"

Wieder knickste ich.

„Nein, Herr, er spricht die Wahrheit. Mein Name ist Maana, Eure Majestät", brachte ich nervös hervor und wagte es nicht, ihn dabei anzusehen. „Mina Heilerstochter ist nicht mein wahrer Name."

„Nun, dann erklärt mir, weshalb Ihr ihn benutztet, Maana."

Florestiel warf mir einen schnellen Blick zu, der mir sagte, dass er erklären wollte und ich war unendlich froh, dass er mir diese Aufgabe abnahm. Ich war viel zu angespannt, um nun etwas sagen zu können.

„Vater, Ihr sagtet mir einmal, das erste Kind meiner Mutter sei verstorben, doch das entspricht nicht der Wahrheit! Sagt mir, weshalb ihr Lucaniel stattdessen verstoßen habt!"

Obwohl der König diese Anschuldigungen nicht erwartet haben konnte, begann er zu lächeln und er hob sich von seinem Thron, um auf uns zuzuschreiten.

„Er war nicht mein Sohn, Florestiel. Er war der uneheliche Sohn einer Zofe deiner Mutter, die das neugeborene Kind Ihrer Hoheit, meiner Frau, in einem Wahn tötete und an einem unbekannten Ort verscharrte. Aus Furcht, sie könne dieses auch ihrem eigenen Kind antun, nahm deine Mutter den Sohn der Zofe an sich und zog ihn an der Stelle ihres Kindes auf. Deshalb war Lucaniel des Thrones nicht mehr würdig, als du geboren warst. Ich verstieß ihn, weil Eure Mutter es so forderte, doch ich wies einen Freund an, ihn an meiner Stelle groß zu ziehen!"

„Den Heilermeister des Siechenhauses", sagte Florestiel trocken und der König nickte, bevor er sich zu seinem Thron zurückbegab, um uns von dort zu mustern.

„Ich sehe, dass Maana diese alte Geschichte interessieren mag, wo sie doch die Tochter des Heilermeisters ist, doch weshalb bringst du sie deshalb zu mir, ohne meine Erlaubnis dafür bekommen zu haben, ihr von diesem Geheimnis zu erzählen?"

„Weil Maana nicht die Tochter des Heilermeisters ist, Vater. Maana ist das erste Kind meiner Mutter!"

„Weshalb wollt Ihr mein Grab besichtigen, Meister Joland?"

Lucaniel hob den Korb mit den Brotlaiben ein wenig höher an, in der
Hoffnung, er wäre dann angenehmer zu tragen. Der Weg zum Palast
war zwar nicht weit von der Backstube aus, doch es widerstrebte ihm
so sehr, dorthin zu gehen, dass er ihm unsäglich anstrengend
erschien. Joland hatte darauf bestanden und auch Robert hatte es
nicht gelingen wollen, ihn von diesem Vorhaben abzubringen. Er
wollte das Grab sehen, selbst wenn es auf dem geschützten Gelände
der Königsfamilie lag.
„Ihr konntet mir den Tag nennen, an dem Ihr gestorben sein sollt. Ich
möchte lediglich sehen, ob Ihr die Wahrheit sagtet", meinte Joland
und Robert schüttelte verzweifelt den Kopf unter seiner Kapuze. Für
ihn war dieses Vorhaben noch viel riskanter als für Lucaniel –
immerhin wollte ihn sein eigener Vater töten! Doch in der Backstube
hatte er nicht allein zurückbleiben wollen und vielleicht wollte auch er
nur einmal den Ort betreten, an dem eine Lüge begraben lag.
„Ihr könnt uns vertrauen, Meister!", versuchte Lucaniel es ein letztes
Mal, doch Joland tat seine Worte mit einem spöttischen Lächeln ab.
„Ich würde Euch vertrauen, euch beiden, wenn ich nur einen Anhalt
dafür hätte, dass Ihr die Wahrheit sprecht", entgegnete er. „Sollte das
Grab erlogen sein – denn ich denke, dass Ihr den königlichen
Friedhof niemals betreten haben könnt – dann will ich Euch trotzdem
glauben, wenn ich den jungen Prinzen und Eure Maana treffen
würde."
„Weshalb sollten wir den königlichen Friedhof nie betreten haben,
Bäckermeister?", fragte Robert. „Wie könnt Ihr Euch dessen sicher
sein?"

Der König legte geduldig die Fingerspitzen beider Hände aneinander,
um uns darüber hinweg mit hochgezogenen Augenbrauen
anzusehen, während ich vor Angst zu zittern begann. Mein Mund war
klebrig trocken vor Furcht, sodass es bereits ein unangenehmes
Gefühl war, ihn nur einen Spalt zu öffnen, um dadurch zu atmen.
Einen vollständigen Satz hätte ich in diesem Zustand niemals
zustande gebracht, ich hätte mich nicht einmal selbst verteidigen
können.
„Meine Mutter hat Euch belogen, Vater!", setzte Florestiel ein
weiteres Mal an. „Ihr erstes Kind ist nicht verstorben, aber sie
wünschte sich seinen Tod!"

„Das ist eine gewagte Anschuldigung, mein Sohn", seufzte der König.
„Du solltest sie nur aussprechen, wenn du einen Beweis dafür
bringen kannst."
„Das kann ich, Vater!"
Nun doch erstaunt zog er die Augenbrauen noch weiter in die Höhe
als habe er nicht erwartet, dass Florestiel ernsthaft sprach. Mit einem
letzten Blick auf uns beide faltete er die Hände auseinander und
klatschte laut, woraufhin eine Wache vom Portal hereintrat.
„Er bringe mir meine Gemahlin, Ihre Hoheit von Minoor! Es ist eine
drängende Angelegenheit, also beeile Er sich!"
Die Wache verbeugte sich und war bereits auf dem Weg hinaus, als
Florestiel sich nach ihr umdrehte.
„Und Er schicke nach Carla, der Zofe!"

Der Grabstein war sichtlich der neuste auf dem königlichen Friedhof.
Noch kaum verwittert oder von Moos bewachsen, der Name noch gut
zu lesen.

Lucaniel Königssohn
26.05.1423   10.06.1430

Er war gerade sieben Jahre alt gewesen, damals als er hatte sterben
sollen.
„Ich sehe, Ihr spracht die Wahrheit. Verzeiht mir mein Misstrauen,
Königssohn!", sagte Joland mit einer ehrerweisenden Verbeugung in
seine Richtung. „Verzeiht mir!"
„Nennt mich doch bitte weiterhin Lucas, Meister. Ich werde niemals
unter meinem wahren Namen leben können."
Lucaniels Blick hing auf dem Stein gefangen. Joland hatte richtig
vermutet – er hatte dieses Grab zuvor nie gesehen und nun erst
wurde ihm bewusst, dass er ein Leben zu leben versucht hatte, das
gar nicht existierte. Hatte er den jungen Prinzen nicht gehasst, weil er
dachte, er hätte ihm seinen Platz in der Familie genommen? Dabei
war er nie ein Teil der Königsfamilie gewesen – von Geburt an nichts
als eine Lüge, das waren er und sein Leben gewesen.
„Was wollt Ihr nun tun, Bäckermeister?", fragte Robert unruhig. „Ich
würde gerne in die Backstube zurückkehren, denn dorthin wird
Maana kommen, um nach uns zu suchen!"
„Was treibt Ihr Gesindel dort?"

Ertappt fuhren Joland und Robert herum, nur Lucaniel starrte unentwegt den Grabstein an, doch nun sah er durch den Namen hindurch.

Er kannte diese Stimme, er kannte sie nur zu gut. Es war genau diese samtweiche und trotzdem ernste Stimme, die ihm vor Zehn Jahren zu gehaucht hatte, dass er nun unnütz geworden sei, ein Kind, das niemand mehr benötigte.

„Er soll sich umdrehen! Und Er soll mir sagen, weshalb er sich an diesen Ort wagt!"

„Was ich an diesem Ort suche?"

Selbst für ihn selbst klang seine Stimme bedrohlich ruhig und klar dafür, dass er jemandem gegenüber treten musste, den er in seinem Leben am wenigsten hatte wiedertreffen wollen. Langsam drehte er sich um, weil er wusste, dass es keinen Sinn hatte, sich dagegen zu sträuben. Er hatte keine andere Möglichkeit, wenn er versuchen wollte, wenigstens Jolands und

Roberts Leben zu retten – er musste sich seiner Vergangenheit stellen, er musste ihr direkt in die Augen sehen.

„Ich besuche mein Grab, Mutter."

39

„Dies ist der Ort, an den du gehörst, dreckiges Balg!“, zischte die Königin durch die Gitterstäbe der Zelle hindurch, während ihre Leibgarde Robert und Joland in eine andere Zelle stießen.
„Es ist mir gleich, was Ihr mit mir anstellen mögt“, gab er zurück, „doch lasst die beiden anderen frei. Sie haben nichts mit mir zu schaffen, Mutter!“
„Wie rührend, das Balg sorgt sich um seine Freunde.“
Mit einem hämischen Grinsen auf den Lippen trat sie einen Schritt vom Gitter zurück und winkte einen ihrer Krieger heran.
„Zeig ihm, was ich von Bälgern wie ihm halte!“, sagte sie vergnügt. „Vielleicht wird er dann verstehen, dass er mich nicht mehr Mutter nennen sollte.“
Hastig wich Lucaniel bis an die hintere Wand der kleinen Zelle zurück, doch der Krieger winkte sich nur einen zweiten heran und schloss das Gitter auf. Wütend hob er den Kopf und sah die Königin an, all den Hass, den er in den letzten zehn Jahren für sie empfunden hatte, legte er in seinen Blick. Er mochte vielleicht keine Möglichkeit haben, ihr zu entkommen, doch er würde sie nicht um Gnade anflehen, nicht diese kaltblütige Frau.
Der erste Krieger packte ihn und zwang seine Arme auf den Rücken, während der andere sich vor ihm aufbaute und seine Armschienen abnahm. Lucaniel brach den Blickkontakt mit der Königin nicht ab.
„Eure Hoheit!“
Ein Bediensteter kam den Gang entlanggeeilt, um hastig vor ihr auf die Knie zu sinken.
„Euer Gemahl, seine Majestät von Minoor, verlangt nach Euch in einer dringenden Angelegenheit!“, brachte er schwer atmend hervor. „Er erwartet Euch im Thronsaal.“
„Er kann sich entfernen!“, befahl sie und der Bedienstete eilte davon. Sichtlich verärgert trat die Königin noch einmal an das Gitter der Zelle heran.
„Ich werde mich einem Befehl meines Gemahls nicht widersetzten können, doch wenn ich diesen Abend wiederkehre, will ich, dass dieser Bursche nicht einmal mehr vor mir kriechen kann!“

Ich sah die Frau, die meine Mutter sein sollte – jene Frau, die mich hatte umbringen lassen wollen – an diesem Tag zum ersten Mal in

meinem Leben und ich war mir sicher, dass es nach Großvaters
Willen niemals zu dieser Begegnung gekommen wäre. Doch ich war
nicht mehr seine Maana, ich befolgte seine Regeln nicht mehr.
Früher, vor einigen Jahren, musste die Königin von Minoor einmal
eine wunderschöne Frau gewesen sein und ich sah nun wie ähnlich
ich ihr tatsächlich war. Ich hatte ihre Figur, ihre Gesichtszüge, sogar
ihre Haare.
„Wer hat dieses Gör in unsere Hallen gebracht, mein Gemahl?",
entfuhr es der Königin scharf. „Das ist das Ketzerkind der
Heilerstochter, die einst meine Zofe war! Ihr müsst sie sogleich
gefangen nehmen, mein Gemahl!"
„Aber Mutter, erkennt Ihr Eure eigenen Kinder denn nicht mehr?"
Florestiel war dicht neben mich getreten, um ermutigend meine Hand
zu ergreifen.
„Maana ist doch Eure Tochter, nicht wahr?"
Die Miene der Königin wechselte schneller von Verwunderung zu
Entsetzten und von dort zu Zorn als ich realisiert hatte, wie ungehörig
es selbst für einen Prinzen war, auf diese Weise mit seiner Mutter zu
sprechen.
„Wie kannst du eine derartige Behauptung wagen!", zischte sie und
ich war froh, dass sie sich direkt neben dem Thron aufgebaut hatte
und somit weit genug von Florestiel entfernt stand, um nicht
zuschlagen zu können, denn danach sah sie aus. „Und nun entfernt
dieses Ketzerkind aus diesen Hallen. Es stinkt bereits nach bösen
Gedanken!"
„Schweigt!", befahl der König in dem Moment und sie zuckte
schreckhaft zusammen, den Finger noch immer anklagend auf mich
gerichtet. „Diese junge Heilerin ist Eure leibliche Tochter, Gemahlin",
sagte er kühl. „Seht Euch nur ihr Gesicht an. Sie ist Euch
unverkennbar ähnlich!"
Wütend schüttelte die Königin den Kopf als würde er etwas
offensichtlich Böses an mir übersehen. Ich war froh, dass Florestiel
mich festhielt, denn sonst wäre ich aus Furcht sicherlich zerbrochen,
hätte alles geleugnet und mich gefangen nehmen lassen, nur um
diesem Blick der abgrundtiefen Abscheu zu entgehen.
„Dieses Ketzerkind täuscht Euch bereits mit seinen teuflischen
Kräften, mein Gemahl! Lasst Euch nicht darauf ein!"
„Weshalb gesteht Ihr mir nicht, was sich damals zu der Geburt
unseres ersten Kindes tatsächlich zugetragen hat?", schlug der König

kühl vor, während sein Blick auf den ineinander verschränkten Fingern von Florestiel und mir ruhte. „Unser Sohn schickte bereits nach einer Zofe, die Euch dabei helfen wird. Carla wird bald eintreffen."

Er lag am Weiher, ungemütlich auf der Seite verdreht, das Gesicht in das feuchte Gras gepresst. Vorsichtig wollte er sich aufrichten, doch er hatte nicht die Kraft dazu.
„Du solltest zurückgehen, Lucaniel!"
Mühsam drehte er den Kopf herum, bis er die kleine Traummaana erblicken konnte. Sie hockte neben ihm und spielte mit einer weißen Blume herum.
„Du darfst nicht hier sein, nicht auf diese Weise", sagte sie und legte behutsam ein Händchen auf seine Wange. „Du solltest zurückgehen."
„Wohin?"
Seine Stimme klang kratzig und matt, ganz als würde ihn ein schlimmer Husten heimsuchen, doch er spürte nichts in seinem Hals, nicht das geringste Kratzen, keine Atemnot, überhaupt spürte er keine Schmerzen.
Beruhigend streichelte die kleine Maana sein Gesicht.
„Du weist wohin, Lucaniel", hauchte sie.
„Ich will nicht in die Kerker zurück", brachte er mühsam hervor. „Dort werden sie mich umbringen."
Ihre wunderbar klaren Augen ließen keine Gefühlsregung erkennen, doch sie liebkoste weiterhin seine Wange und steckte ihm die weiße Blume ins Haar. Weshalb sollte er erwachen, wenn er auch diesen Traum haben konnte? Hier wollte er bleiben, hier war es warm und still und er hatte die kleine Maana. Hier war alles, was er wollte.
„Vielleicht werden sie dich töten, Lucaniel", stimmte sie zu. „Aber wenn du bei mir bleibst, wirst du nicht für dein Leben kämpfen können und das solltest du. Wenn du bei mir bleibst, dann bist du schon tot."
„Bist du denn tot?"
Ein Lächeln schlich sich auf ihre dünnen Kinderlippen.
„Nein, ich warte auf dich, in meiner Zukunft. Du musst nur zurückgehen, dort bin ich", antwortete sie. „Schließe deine Augen, Lucaniel. Dann sehen wir uns bestimmt bald wieder."
Er gehorchte

und schlug blinzelnd die Augen auf. Er lag in derselben seltsam verdrehten Weise auf der Seite, den Kopf in den dreckigen Boden der Zelle gepresst und nun überkamen ihn auch die Schmerzen. Dafür konnte er sich jetzt aufrichten, langsam an den Gitterstäben in die Höhe ziehen und schließlich unter Schmerzen gekrümmt stehen bleiben. Ihm war übel, er spürte jeden Teil seines Körpers, sein Mund schmeckte bitter metallisch nach Blut.

„Lucaniel! Gott sei gedankt! Du lebst!"

Er wandte sich um. Am Gitter der nächsten Zellen standen Joland und Robert, beide bleich vor Sorge.

„Alles ist gut", wollte er sagen, brachte den absurden Satz jedoch nicht hervor, sondern spuckte an seiner Stelle einen Schwall dunklen Blutes aus.

„Florestiel wird uns sicherlich bald finden!", versuchte Robert ihn zu ermutigen und er brachte ein Nicken zustande. „Dann werden wir dich behandeln können. Das wird dann wieder, verstehst du! Du musst nur durchhalten!"

Wieder nickte er und schleppte sich zu dem Strohhaufen am hinteren Ende der Zelle hinüber, wo er kraftlos zusammensackte. Warum konnte es nicht einfach vorbei sein, warum?

„Ich benötige keine Hilfe, um mich zu erinnern, mein Gemahl!", sagte die Königin bestimmt. „Es ist wahr, dieses Mädchen ist Eure Tochter, die ich gegen Lucaniel austauschte. Ihr brauchtet einen Thronfolger, deshalb ließ ich sie wegschaffen."

Für einen Moment schien die Zeit innezuhalten.

Der König starrte die Königin an, sprachlos entsetzt, und Florestiel und ich starrten ihn an, weil wir gespant erwarteten, was er als nächstes tun würde. Dann trat die Königin einen Schritt auf den Thron zu, streckte behutsam eine Hand nach dem König aus und wagte es dann wohl doch nicht, ihn zu berühren.

„Sie war die Erstgeborene. Sie hätte die Krone von Euch erben müssen", fuhr sie flehentlich fort, als hoffte sie, er würde sie auf diese Weise verstehen. „Aber eine Frau ist es nicht würdig, diese Stadt zu regieren. Das ist ein Privileg der Männer. Ihr brauchtet einen Thronfolger, mein Gemahl!"

„Ich kann Euer Handeln nun nachvollziehen", seufzte er und Florestiels Griff verkrampfte sich um meine Finger. Wenn der König die Meinung seiner Gemahlin verstand, wenn er ihr Recht zusprach, hatte ich dann verloren? War ich dann wieder nichts als ein Ketzerkind, auf ewig zum Tode verurteilt?

Ich schloss die Augen. Diese Frau wollte ich nicht mehr ansehen müssen – ich wollte mir ihr Gesicht nicht merken müssen, damit es mich auf meinem Weg zum Scheiterhaufen nicht verfolgen konnte, während ich genauso endete, wie meine Mutter, jene Frau, die mich aufgezogen und geliebt hatte. Ich würde brennen und selbst Florestiel konnte dagegen nichts mehr ausrichten.

„Ich verstehe Eure Gründe, meine Gemahlin", wiederholte er und klatschte ein weiteres Mal in die Hände. „Doch ich dulde keinen Kindsmord in meiner Stadt, erst recht nicht den meiner eigenen Nachkommen!"

„Ihr könnt mich nicht wegsperren. Ich bin die Königin!", spottete sie angsterfüllt, doch er verzog keine Miene und bedeutete den heraneilenden Wachen, sie in Gewahrsam zu nehmen.

„Sperrt sie in ihre Gemächer! Sie darf diese vorerst nicht verlassen, keine Zofen dürfen zu ihr vorgelassen werden!", befahl er. „Schafft sie mir aus den Augen!"

Ein wenig verwirrt packten die Wachen sie an den Schultern, um sie hinauszuführen. Mit einem letzten hasserfüllten Blick auf mich zurück ließ sie es geschehen, jedoch nicht, ohne die Hände der Wachen abzuschütteln.

„Ich finde den Weg ohne Leitung!", zischte sie. „Nimm Er seine Finger von mir, ich bin noch immer Seine Herrin!"

Dann war sie auf dem Korridor und die Flügeltüren des Thronsaales wurden geschlossen. Nun erst ließ Florestiel meine vor Furcht feuchten Finger los.

„Wir haben es geschafft, Maana!", jubelte er und für einen Augenblick wirkte er wie ein normaler Junge seines Alters, als er mich glückselig umarmte.

„Nun wirst du mir lediglich noch erklären müssen, wie du von alledem erfahren hast, mein Sohn", sprach der König.

Sogleich war Florestiel wieder der ernste junge Prinz von zuvor.

„Lucaniel und Maana fanden es heraus, nicht ich, Vater", antwortete er und wollte noch etwas hinzufügen, doch die Flügeltüren des Thronsaales schwangen ein weiteres Mal auf. Herein traten eine Wache und eine in Bedienstetenkleider gehüllte Frau.

„Carla, die Zofe", verkündete die Wache, um ihren Posten auf dem Korridor sogleich wieder einzunehmen. Zögernd kam sie näher, den Blick hielt sie dabei unterwürfig gesenkt.
„Ihr verlangtet nach mir, Euer Majestät?"
„Kann Sie mir bestätigen, dass diese junge Heilerin die Tochter Ihrer Hoheit ist?", fragte er und sie hob den Kopf, um mich anzusehen. Carla musterte nur kurz mein Gesicht, dann senkte sie den Blick wieder.
„Ja, Euer Majestät. Dies ist die Tochter Ihrer Hoheit, Euer Gemahlin. Sie ist es, die der Heilermeister all die Jahre vor Euch verbarg."

40

Der Schmerz peinigte ihn. Obwohl er sich sicher war, dass ihm keine
Knochen gebrochen worden waren, war jede Bewegung eine Qual
und er blieb in dem Strohhaufen liegen, wie er hineingefallen war.
Robert und Joland redeten aus ihren Zellen mit ihm, ermutigten ihn
immer wieder dazu, nicht aufzugeben, während er vor sich hin
dämmerte, nie wirklich wach war.
Am liebsten wäre er auf die Weiherlichtung zurückgekehrt, doch nun,
wo er bei Bewusstsein war, fürchtete er sich auch davor. Würde er
wirklich sterben, wenn er dort blieb? Oder hatte die kleine
Traummaana das lediglich behauptet, damit er in der Realität
erwachte? Sie hatte ihn nie belogen, sie hatte es sicherlich auch jetzt
nicht getan. Aber er vermisste ihre Ratschläge, er vermisste die Ruhe
der Weiherlichtung.
„Sieh an, wen haben wir denn da?"
Vorsichtig setzte Lucaniel sich auf.
Am Gitter der Zelle stand der Meister der Wissenden, schien dafür,
dass er ihn hier nicht erwartet haben konnte, allerdings wenig
erstaunt zu sein.
„Wollt Ihr den da auch mitnehmen, Herr?", wollte die Wachen von ihm
wissen, die ihn in die Kerker heruntergebracht haben musste, doch
der Meister schüttelte nur den Kopf als sei dieser Gedanke mehr als
nur absurd.
„Nein, der interessiert mich nicht", meinte er, wandte sich ab und
schritt auf Roberts Zelle zu. „Den hier will ich. Er ist mein Sohn."
Mit den letzten Worten drückte er der Wache einen kleinen
Lederbeutel in die Hände, in dem eine größere Menge an Münzen
klimperte. Hastig steckte sie ihn in die Tasche ihrer Jacke.
„Ihr könnt mich nicht mitnehmen, Vater!", sagte Robert, während die
Wache seine Zelle aufsperrte. „Ich bin ein Gefangener der Königin!"
„Doch, Robert, ich kann dich mitnehmen", entgegnete der Meister.
„Du gehörst doch mir!"

„Der Heilermeister?", fragte der König mit zusammengekniffenen
Augenbrauen. „Stimmt, was die Zofe sagt, Maana, meine Tochter?"
Vollkommen überwältigt – er hatte mich Tochter genannt – nickte ich.
Sogleich sprang der König von seinem Thron auf, eilte an uns vorbei

und wäre sicherlich den Korridor entlang davongeeilt, hätte Carla
nicht das Wort ergriffen, ohne die Erlaubnis dazu erhalten zu haben.
„Herr, Euer Majestät!", brachte sie hastig hervor. „Der Heilermeister
ist derzeit im Palast. Ich sah ihn soeben auf dem Weg in die Kerker."
Der König hielt inne, uns den Rücken zugewandt, nur wenige Schritte
von der großen Flügeltür entfernt.
„Weshalb sucht der Heilermeister zu dieser Stunde die Palastkerker
auf, Zofe?"
„Ich hörte, Eure Gemahlin, Ihre Hoheit von Minoor, vor kurzer Zeit
davon sprechen, dass sie Euren Sohn Lucaniel und zwei seiner
Freunde gefangen nahm. Einer dieser Freunde scheint der Sohn den
Heilermeisters zu sein."
„Robert und Lucaniel!", entfuhr es mir entsetzt. „Der Meister ist
gekommen, um und zu töten!"
Nun drehte der König sich doch zu uns um und war Florestiel, der
loslief, meine Hand fest in seiner.

„Holt ihn heraus."
Gelangweilt zog die Wache das Gitter der Zelle auf und der Meister
der Wissenden, der Mörder seines Großvaters, trat hinein, um Robert
am Arm zu packen und herauszuzerren, der sich halbherzig dagegen
wehrte, obwohl er wissen musste, dass er keine Möglichkeit hatte, die
Situation zu ändern.
„Ergreift diesen Mann!"
Lucaniel erkannte die jungenhafte Stimme, in der doch so viel
Befehlskraft lag, sogleich und versuchte aufzustehen, wobei ihm
allerdings schwindelig und übel vor Schmerz wurde und er ließ es
bleiben. Florestiel, wie hatte er davon erfahren, dass sie hier
gefangen waren?
Die Wache, die gerade noch Robert gegen einen Beutel Münzen
eingetauscht hatte, schaute einen Augenblick lang verwirrt den Gang
hinunter, von wo sich rennende Schritte näherten, schien dann zu
begreifen und zog das Schwert.
„Lasst diesen Burschen los und ergebt Euch! Dies ist ein königlicher
Befehl!"

Ich sah das Messer aufblitzen, kurz rötlich im Fackellicht aufleuchten,
und ich warf mich nach vorne, obwohl ich wusste, dass ich zu spät
kommen würde.

Robert gab keinen Laut von sich, stöhnte nicht einmal, als die Klinge
ihn traf. Seine Augen ruhten auf mir, erleichtert und angsterfüllt
zugleich, sein Mund öffnete sich wie zu einem Warnruf, der jedoch
nicht kam. Dann riss er sich los, warf sich auf den Meister und riss ihn
mit sich zu Boden, sodass ich sie verfehlte und stattdessen in das
Gitter einer Zelle stolperte.
„So ergreift ihn doch!", rief Florestiel und die Wache gehorchte
endlich.
Sogleich war ich bei Robert. Das Messer steckte dicht unterhalb
seiner Schulter. Durch den Sturz schien es tiefer hineingedrückt
worden zu sein, sodass die Wunde weiter aufgerissen war und stark
blutete.
Schwer atmend setzte er sich auf, während die Wache zusammen
mit einigen anderen, die wohl durch den Lärm herbeigerufen worden
waren, dem Meister die Hände auf den Rücken kettete und ihn in
eine Zelle stieß.
„Weshalb hast du das getan, Robert?", fragte ich entsetzt und er
brachte ein gequältes Lächeln zustande.
„Wisst Ihr denn nicht mehr, was ich Euch sagte?", brachte er hervor.
„Ich würde mich jederzeit vor Euch werfen, wenn Euch Gefahr drohte!
Er hatte noch ein Messer, für jeden von uns eines."
„Sprecht nicht derartig viel, Heilerssohn", mahnte Florestiel, der
neben mir in die Knie gegangen war, um seine Wunde zu
begutachten. „Das Messer hat Euch nicht lebensgefährlich getroffen,
aber ich werde nach einem Heiler schicken lassen, der sich mit
derartigen Verletzungen auskennt."
„Habt Dank, aber Lucaniel hat es weitaus schlimmer getroffen als
mich! Er ist in der Zelle neben Euch, Maana!"

Schlüssel klirrten, mit einem metallischen Klicken öffnete sich das
Schloss der Zelle und das Gitter wurde aufgestoßen. Im nächsten
Moment kniete Maana neben ihm im Stroh, der junge Prinz stand
kurz neben ihn, ging dann jedoch auf den Gang zurück.
„Lucaniel", hauchte sie zaghaft. „Verstehst du mich?"
Mit Mühe vollbrachte er ein Nicken und zwang dann einen schweren
Arm in die Höhe, um ihr Gesicht mir der Hand zu berühren. Sie war
da, sie war tatsächlich da und nicht nur Einbildung. Ein trauriges
Lächeln stahl sich auf ihre Lippen, während sie schnell nach seiner
Hand griff, um sie festzuhalten.

„Ich werde nicht mehr fortlaufen, Lucaniel. Versprochen!“
„Wir müssen sie in Euer Siechenhaus bringen, Maana!“, rief Florestiel
vom Gang aus, wo er sich sicherlich gerade um Robert kümmerte.
Lucaniel hatte nicht sehen können, was mit ihm geschehen war,
nachdem der Meister ihn niedergestochen hatte, doch anscheinend
war er noch am Leben.
Dann war mit einem Mal Joland da und schob Maana beiseite, um
sich zu ihm hinab zu beugen.
„Ich werde ihn tragen, wenn Ihr mich leiten könnt, Fräulein Maana!“,
brummte er ihr zu. „Schließlich wollen wir ihn alle so schnell wie
möglich gesund sehen, nicht wahr?“

41

Als er die Augen aufschlug, lag er im Siechenhaus. Sein Körper schmerzte noch immer derartig stark, dass er sich kaum bewegen konnte und doch schlug er die Decke zurück, um sich auf die Bettkante zu setzten und das Werk der Heiler zu begutachten. Er war einbandagiert und steckte in einer einfachen Leinenhose, wie alle Siechenden sie hier trugen.
Die Wachen der Königin hatten ihre Arbeit gut getan, jede Bewegung schmerzte und zwischen den einzelnen Verbänden war wenig Haut zu sehen. Wäre sie noch einmal in die Kerker hinab gekommen, wäre sie zufrieden gewesen. Doch irgendetwas hatte sie daran gehindert, vielleicht waren es ja Florestiel und Maana gewesen. Immerhin hatten die sie auch befreit.
Suchend sah er sich um. Es war Nacht, die wenigen Fackeln, die im Siechenhaus brannten, erhellten es nicht vollständig und es war schwer, die Gesichter der Heiler zu erkennen, die sich gerade zwischen den Betten aufhielten. Allerdings schien Maana nicht dabei zu sein.
Vorsichtig legte er sich wieder hin und drehte sich zu anderen Seite herum, doch auch dort war sie nicht zu sehen. Ob er aufstehen sollte, um zu sehen, wo sie war?
Nein, sie hatte versprochen, bei ihm zu bleiben, nicht mehr vor ihm davon zu laufen und schließlich musste auch sie ab und an schlafen. Er sollte ihr vertrauen, nur dann würde er es schaffen, sie nie wieder zu verlieren, nur dann.

„Erinnerst du dich daran, dass wir uns als Kinder bereits einmal begegnet sind?", wollte Lucaniel wissen. „Du wärst damals beinahe in dem Weiher ertrunken, der beim Außenlager liegt."
Ich schüttelte den Kopf, denn an eine Begegnung vor jener ersten in der Kirche, an dem Tag, an dem Großvater verschwand, konnte ich mich tatsächlich nicht erinnern. Ich konnte zwar nicht schwimmen, aber dass ich einmal beinahe ertrunken wäre, davon hatte ich nichts gewusst. Aber weshalb hätte Großvater mir von Lucaniel erzählen sollen – er hätte dabei nur versehentlich etwas über die Verschwörung seines Bruders preisgeben können…

„In meinen Träumen sah ich dich stets als das Kind, das du damals
warst. Es war eine Erinnerung, die mich aufwecken sollte", fuhr er
fort. „Ich trug die Wahrheit die ganze Zeit über in mir und wusste doch
nichts davon."
In dem Moment räusperte Robert sich leise hinter mir und trat an das
Bett heran. Den einen Arm trug er in einem Tuch, das um seinen
Nacken geschlungen war, damit er die Schulter nicht bewegte und
die Wunde wieder aufriss.
„Seine Majestät erwartet Euch in der Arbeitskammer, Maana", sagte
er. „Ihr solltet ihn nicht warten lassen."
Zögernd erhob ich mich von der Bettkante, denn einerseits hatte er
Recht – ich sollte den König nicht warten lassen, gerade weil er nun
wirklich mein Vater war – aber andererseits mochte ich Lucaniel nicht
alleine lassen. Zumindest das war ich ihm schuldig, nachdem ich aus
dem Außenlager fortgegangen war.
„Seine Majestät wird sonst ungehalten sein", meinte Lucaniel
plötzlich. „Geh zu ihm. Ich werde mich so lange mit Robert
unterhalten."
Dankbar darüber, dass er mir diese Entscheidung abgenommen
hatte, eilte ich davon. Robert und ich hatten beschlossen, das
ehemalige Arbeitszimmer des Meisters auch weiterhin als solches zu
benutzten, doch wir wussten noch nicht, was im Allgemeinen aus den
Wissenden und dem Siechenhaus werden sollte.
„Maana, meine Tochter!", begrüßte der König mich erleichtert,
vielleicht, weil er sich nicht sicher gewesen war, ob ich ihm überhaupt
noch einmal gegenübertreten würde.
„Eure Majestät, Herr Vater", erwiderte ich höflich und machte einen
Knicks. Die Worte klangen seltsam aus meinem Mund. Ich würde
mich nie daran gewöhnen können, dass ich eine Königstochter war.
„Ich bin gekommen, um dich für die Taten deiner Mutter um
Verzeihung zu bitten", sprach er. „und, um dir mitzuteilen, dass du
stets meine und Florestiels Unterstützung erhalten wirst, solltest du
sie benötigen."
„Ich danke Euch, Herr Vater!", sagte ich. „Doch ich habe derzeit alles,
was ich brauche."

„Ich muss mich bei dir entschuldigen, Lucaniel", sagte Robert ernst.
„Ich dachte stets, mein Vater würde dich an meiner Stelle lieben, weil
du ein Kind des Königs warst und ich habe dich deshalb gehasst.

Doch ich weiß nun, dass ich dir damit Unrecht getan habe, denn dir
ist es in Wirklichkeit noch viel schlechter ergangen als mir."
Lucaniel wusste nicht, was er darauf erwidern konnte, also schwieg
er und wartete, dass Robert weitersprechen würde, was er jedoch
nicht tat. Stattdessen zog er sich einen Hocker heran, um sich zu ihm
zu setzten.
„Was wirst du tun, nun, wo dein Vater nicht hierher wiederkehren
kann?", wollte Lucaniel schließlich wissen. „Minoor kann ohne das
Siechenhaus nicht lange existieren, ohne ernsthafte Probleme mit
Krankheiten zu bekommen, und du bist der Einzige, der weiß, wie es
zu leiten ist."
„Das Siechenhaus wird weiterhin bestehen bleiben", meinte er
schwermütig. „Aber ich werde fortgehen, sobald alles in seinen
geregelten Alltag zurückgekehrt ist. Ich werde es Maana und dir
anvertrauen, obwohl du deine Lehre bei dem Bäckermeister
sicherlich fortführen wirst."
„Ja, das werde ich, doch weshalb gehst du fort?"
Seufzend erhob Robert sich wieder von dem Hocker und sah auf
Lucaniel hinab, bevor er sich zum Gehen umwandte.
„Meine Schulter wird nie so verheilen, dass ich meinen Arm wie zuvor
bewegen kann. Als Heiler bin ich somit unnütz geworden und ich
möchte weder dir noch Maana zur Last fallen. Mein Entschluss steht
fest, Lucaniel. Ich werde gehen!"

„Du könntest zu Florestiel und mir in den Palast ziehen, du, Lucaniel
und der Heilerssohn."
Ich hörte an seiner Stimme, wie ernst der König es meinte, dass es
ihm wichtig war – dass wir ihm wichtig waren. Lucaniel und ich waren
schließlich beide in gewisser Weise seine Kinder und Robert, Robert
war das Kind jenes Mannes, dem er einst vertraut hatte. Aber ich
konnte nicht in den Palast ziehen, ich gehörte einfach nicht in die
Welt, in der die Königsfamilie lebte.
„Ich mag deine Herkunft vielleicht nicht preisgeben können, da ich
dann die Glaubwürdigkeit gegenüber meinem Volk verlieren würde,
doch bei uns wohnen könntest du!"
„Verzeiht, Vater", wehrte ich ab. „Alles, was ich benötige, ist dieses
Siechenhaus, diese Gewölbe, diese Arbeit und ein vollkommen
einfaches Leben, wie ich es zu leben gewohnt bin. Lasst mich hier
leben, nur dann werde ich glücklich sein!"

Er schien ein wenig betrübt zu sein und doch sah ich das Verständnis
in seinem Blick, bevor er sich abwandte und sich seinen kostbaren
Mantel von der Lehne des Stuhles am Arbeitstisch griff.
„Gibt es denn rein gar nichts, das ich für dich tun könnte, meine
Tochter?", versuchte er es ein letztes Mal und ich wusste, dass nun
der Augenblick gekommen war, um meinen Wunsch auszusprechen
– jenen einzigen Wunsch, den ich seit langer Zeit in mir trug.
„Doch, das könnt Ihr. Gebt mir Lucaniel!"

~ Das Vermächtnis der Wissenden ~
~ Ende ~